“万物静观皆自得，四时佳兴与人同。”唯静，才能观照万物，对于人间生活充满盎然的兴致。

# 人间小暖

汪曾祺 著

天津出版传媒集团
天津人民出版社

图书在版编目（CIP）数据

人间小暖 / 汪曾祺著. -- 天津 : 天津人民出版社，2017.12（2023.3 重印）
ISBN 978-7-201-12523-7

Ⅰ. ①人… Ⅱ. ①汪… Ⅲ. ①散文集－中国－当代②小说集－中国－当代 Ⅳ. ①I217.2

中国版本图书馆 CIP 数据核字（2017）第 277937 号

**人间小暖**

RENJIAN XIAONUAN

汪曾祺 著

---

出　　版　天津人民出版社
出 版 人　刘　庆
出　　址　天津市和平区西康路 35 号康岳大厦
邮政编码　300051
邮购电话　（022）23332469
电子邮箱　reader@tjrmcbs.com

责任编辑　王昊静
策划编辑　村　上
装帧设计　龙　梅

印　　刷　天宇万达印刷有限公司
经　　销　新华书店
开　　本　880 毫米 ×1230 毫米　1/32
印　　张　7
字　　数　150 千字
版次印次　2017 年 12 月第 1 版　2023 年 3 月第 6 次印刷
定　　价　49.80 元

---

# 目录

## 辑一 岁月如诗


01 生机 / 002

02 博雅 / 005

03 “无事此静坐” / 007

04 学话常谈 / 010

05 花瓶 / 014

06 谈读杂书 / 017

07 旧病杂忆 / 019

08 却老 / 026

09 晚年 / 030

辑二

此间生灵


01 云南茶花 / 034

02 紫薇 / 036

03 蜡梅花 / 040

04 夏天的昆虫 / 042

05 昆虫备忘录 / 045

06 北京的秋花 / 050

07 草木虫鱼鸟兽 / 055

08 录音压鸟 / 070

09 草木春秋 / 073

10 槐花 / 080

## 辑三 邂逅


01 受戒 / 084

02 晚饭花 / 105

03 瑞云——聊斋新义 / 108

04 双灯——聊斋新义 / 115

05 侯银匠 / 118

06 锁梦 / 123

07 百蝶图 / 125

08 黄英——聊斋新义 / 131

## 辑四 大淖记事


01 鸡鸭名家 / 136

02 异秉 / 154

03 黄油烙饼 / 167

04 大淖记事 / 176

05 钓鱼的医生 / 197

06 戴车匠 / 203

07 护秋 / 208

08 仁慧 / 211

# 辑一 岁月如诗

## 01 生机

### 芋头

一九四六年夏天，我离开昆明去上海，途经香港。因为等船期，滞留了几天，住在一家华侨公寓的楼上。这是一家下等公寓，已经很敝旧了，墙壁多半没有粉刷过。住客是开机帆船的水手，跑澳门做鱿鱼、蚝油生意的小商人，准备到南洋开饭馆的厨师，还有一些说不清是什么身份的角色。这里吃住都是很便宜的。住，很简单，有一条席子，随便哪里都能躺一夜。每天两顿饭，米很白。菜是一碟炒通菜、一碟在开水里焯过的墨斗鱼脚，顿顿如此。墨斗鱼脚，我倒爱吃，因为这是海味。——我在昆明七年，很少吃到海味。只是心情很不好。我到上海，想去谋一个职业，一点着落也没有，真是前途渺茫。带来的钱，买了船票，已经所剩无几。在这里又是举目无亲，连一个可以说说话的人都没有。我整天无所事事，除了到皇后道、德辅道去瞎逛，就是踅到走廊上去看水手、小商人、厨师打麻将。真是无聊呀。

我忽然发现了一个奇迹——一棵芋头！楼上的一侧，一个很大的阳台，阳台上堆着一堆煤块，煤块里竟然长出一棵芋头！大概不知是谁把一个不中吃的芋头随手扔在煤堆里，它竟然活了。没有土壤，更没有肥料，仅仅靠了一点雨水，它，长出了几片碧绿肥厚的大叶子，在微风里高高兴兴地摇曳着。在寂寞的羁旅之中看到这几片绿叶，我心里真是说不出的喜欢。

这几片绿叶使我欣慰，并且，并不夸张地说，使我获得一点生活的勇气。

## 豆芽

秦老九去点豆子。所有的田埂都点到了。——豆子一般都点在田埂的两侧，叫作“豆埂”，很少占用好地的。豆子不需要精心管理，任其自由生长。谚云：“懒媳妇种豆。”还剩下一把。秦老九懒得把这豆子带回去，就掀开路旁一块石头，把豆子撒到石头下面，说了一声：“去你妈的。”又把石头放下了。

过了一阵，过了谷雨，立夏了，秦老九到田头去干活，路过这块石头，他的眼睛瞪得像铃铛，石头升高了！他趴下来看看！豆子发了芽，一群豆芽把石头顶起来了。

“咦！”

刹那之间，秦老九成了一个哲学家。

## 长进树皮里的铁蒺藜

玉渊潭当中有一条南北的长堤，把玉渊潭隔成了东湖和西湖。堤中间有一水闸，东西两湖之水可通。东湖挨近钓鱼台。“四人帮”横行时期，沿东湖岸边拦了铁丝网。附近的老居民把铁丝网叫作铁蒺藜。铁丝网就缠在湖边的柳树干上，绕一个圈，用钉子钉死。东湖被圈禁起来了。湖里长满了水草，有成群的野鸭凫游，没有人。湖中的堤上还可以

通过，也可以散散步，但是最好不要停留太久，更不能拍照。我的孩子有一次带了一个照相机，举起来对着钓鱼台方向比了比，马上走过来一个解放军，很严肃地说："不许拍照！"行人从堤上过，总不禁要向钓鱼台看两眼，心里想：那里头现在在干什么呢？

"四人帮"粉碎后，铁丝网拆掉了。东湖解放了。岸上有人散步，遛鸟，湖里有了游船，还有人划着轮胎内带扎成的筏子撒网捕鱼，有人弹吉他、吹口琴、唱歌。住在附近的老人每天在固定的地方聚会闲谈。他们谈柴米油盐、男婚女嫁、玉渊潭的变迁……

但是铁蒺藜并没有拆净。有一棵柳树上还留着一圈。铁蒺藜勒得紧，柳树长大了，把铁蒺藜长进树皮里去了。兜着铁蒺藜的树皮愈合了。鼓出了一圈，外面还露着一截铁的毛刺。

有人问："这棵树怎么啦？"

一个老人说："铁蒺藜勒的！"

这棵柳树将带着一圈长进树皮里的铁蒺藜继续往上长，长得很大，很高。

载一九八五年第八期《丑小鸭》

## 02 博雅

德熙写信来，说吴征镒到北京了，希望我去他家聚一聚。我和吴征镒——按辈分我应当称他吴先生，但我们从前都称他为“吴老爷”，已经四十年不见了。他是研究植物的，现在是植物研究所的名誉所长。我们认识，却是因为唱曲子。在陶光（重华）的倡导下，云南大学组织了一个曲会。参加的是联大、云大的师生。有时还办“同期”，也有两校以外的曲友来一起唱。吴老爷是常到的。他唱老生，嗓子好，中气足，能把《弹词》的“九转货郎儿”一气唱到底，苍劲饱满，富于感情。除了唱曲子，他还写诗，新诗旧诗都写。我们见面，谈了很多往事。我问他还写不写诗了，他说早不写了，没有时间。曲子是一直还唱的。我说我早就想写一篇关于他的报告文学，他连说“不敢当，不敢当！”已经有好几篇关于他的报告文学了，他都不太满意。这也难怪，采访他的人大都侧重在他研究植物学的锲而不舍的精神，不大了解我们这位吴老爷的诗人气质。我说他的学术著作是“植物诗”，他没有反对。他说起陶光送给他的一副对联：

为有才华翻蕴藉
每于朴素见风流

这副对子很能道出吴征镒的品格。

当时和我们一起排曲子的，不只是中文系、历史系的师生，也有理工学院的。数学系教授许宝騄就是一个。许家是昆曲世家，许先生唱得很讲究。我的《刺虎》就是他教的。生物系教授崔芝兰（女，一辈子研究蝌蚪的尾巴）几乎是每“期”必到，而且多半是唱《西楼记》。

西南联大的理工学院的教授兼能文事——对文艺有兴趣，而且修养极高的，不乏其人。华罗庚先生善写散曲体的诗，是大家都知道的。有一次我在一家裱画店里看到一幅不大的银红蜡笺的单条，写的是极其秀雅流丽的文征明体的小楷。我当时就被吸引住了，走进去看了半天，一边感叹：现在能写这种文征明体的小字的人，不多了。看了看落款，却是：赵九章！赵九章是地球物理专家，后来是地球物理研究所的所长。真没想到，他还如此精于书法！

联大的学生也是如此。理工学院的学生大都看文学书。闻一多先生讲《古代神话》、罗膺中先生讲《杜诗》，大教室里里外外站了很多人听。他们很多是工学院的学生，他们从工学院所在的拓东路，穿过一座昆明城，跑到“昆中北院”来，就为了听两节课！

有人问我：西南联大的学风有些什么特点，这不好回答，但有一点可以提一提：博、雅。

中华人民共和国成立后，我们的学制，在中学就把学生分为文科、理科。这办法不一定好。

听说清华大学现在开了文学课，好！

载一九八六年八月二十五日《北京晚报》

## 03 “无事此静坐”

我的外祖父治家整饬，他家的房屋都收拾得很清爽，窗明几净。他有几间空房，檐外有几棵梧桐，室内有木榻、漆桌、藤椅。这是他待客的地方。但是他的客人很少，难得有人来。这几间房子是朝北的，夏天很凉快。南墙挂着一条横幅，写着五个正楷大字：

无事此静坐

我很欣赏这五个字的意思。稍大后，知道这是苏东坡的诗，下面的一句是：

一日似两日

事实上，外祖父也很少到这里来。倒是我常常拿了一本闲书，悄悄走进去，坐下来一看半天，看起来，我小小年纪，就已经有一点隐逸之气了。

静，是一种气质，也是一种修养。诸葛亮云：“非淡泊无以明志，非宁静无以致远。”心浮气躁，是成不了大气候的。静是要经过锻炼的，古人叫作“习静”。唐人诗云：“山中习静观朝槿，松下清斋折露葵。”“习静”可能是道家的一种功夫，习于安静确实是生活于扰攘的尘世中人所不易做到的。静，不是一味地孤寂，不闻世事。我很欣赏宋儒的诗：“万物静观皆自得，四时佳兴与人同。”唯静，才能观照万物，对于人间生活充满盎然的兴致。静是顺乎自然，也是合乎人道的。

世界是喧闹的。我们现在无法逃到深山里去，唯一的办法是闹中取静。毛主席年轻时曾采用了几种锻炼自己的方法，一种是“闹市读书”。把自己的注意力高度集中起来，不受外界干扰，我想这是可以做到的。

这是一种习惯，也是环境造成的。我下放张家口沙岭子农业科学研究所劳动，和三十几个农业工人同住一屋。他们吵吵闹闹，打着马锣唱山西梆子，我能做到心如止水，照样看书、写文章。我有两篇小说，就是在震耳的马锣声中写成的。这种功夫，多年不用，已经退步了，我现

在写东西总还是希望有个比较安静的环境，但也不必一定要到海边或山边的别墅中才能构想。

大概有十多年了，我养成了静坐的习惯。我家有一对旧沙发，有几十年了。我每天早上泡一杯茶，点一支烟，坐在沙发里，坐一个多小时。虽是犹然独坐，然而浮想联翩。一些故人往事、一些声音、一些颜色、一些语言、一些细节，会逐渐在我的眼前清晰起来，生动起来。这样连续坐几个早晨，想得成熟了，就能落笔写出一点东西。我的一些小说散文，常得之于清晨静坐之中。曾见齐白石一幅小画，画的是淡蓝色的野藤花，有很多小蜜蜂，有颇长的题记，说这是他家的野藤，花时游蜂无数。他有个孙子曾被蜂螫，现在这个孙子也能画这种藤花了，最后两句我一直记得很清楚："静思往事，如在目底。"这段题记是用金冬心体写的，字画皆极娟好。"静思往事，如在目底。"我觉得这是最好的创作心理状态。就是下笔的时候，也最好心里很平静，如白石老人题画所说，"心闲气静时一挥"。

我是个比较恬淡平和的人，但有时也不免浮躁，最近就有点如我家乡话所说"心里长草"。我希望政通人和，使大家能安安静静坐下来，想一点事，读一点书，写一点文章。

一九八九年八月十六日

载一九八九年十月十八日《消费时报》

# ④ 学话常谈

## 惊人与平淡

杜甫诗云："语不惊人死不休"，宋人论诗，常说"造语平淡"。究竟是惊人好，还是平淡好？

平淡好。

但是平淡不易。

平淡不是从头平淡，平淡到底。这样的语言不是平淡，而是"寡"。山西人说一件事、一个人、一句话没有意思，就说："看那寡的！"

宋人所说的平淡可以说是"第二次的平淡"。

苏东坡尝有书与其侄云：

> 大凡为文，当使气象峥嵘，五色绚烂。渐老渐熟，乃造平淡。

葛立方《韵语阳秋》云：

> 大抵欲造平淡，当自组丽中来，落其华芬，然后可造平淡之境。

平淡是苦思冥想的结果。欧阳修《六一诗话》说：

（梅）圣俞平生苦于吟咏，以闲远古淡为意，故其构思极艰。

《韵语阳秋》引梅圣俞和晏相诗云：

因今适性情，稍欲到平淡。苦词未圆熟，刺口剧菱芡。

言到平淡处甚难也。

运用语言，要有取舍，不能拿起笔来就写。姜白石云：

人所易言，我寡言之。人所难言，我易言之，自不俗。

作诗文要知躲避。有些话不说。有些话不像别人那样说。至于把难说的话容易地说出，举重若轻，不觉吃力，这更是功夫。苏东坡作《病鹤》诗，有句“三尺长胫□瘦躯”，抄本缺第五字，几位诗人都来补这字，后来找来旧本，这个字是“搁”，大家都佩服。杜甫有一句诗“身轻一鸟□”，刻本末一字模糊不清，几位诗人猜这是个什么字。有说是“飞”，有说是“落”……后来见到善本，乃是“身轻一鸟过”，大家也都佩服。苏东坡的“搁”字写病鹤，确是很能状其神态，但总有点“做”，终觉吃力，不似杜诗“过”字之轻松自然，若不经意，而下字极准。

平淡而有味，材料、功夫都要到家。四川菜里的“开水白菜”，汤清可以注砚，但是并不真是开水煮的白菜，用的是鸡汤。

# 方言

作家要对语言有特殊的兴趣，对各地方言都有兴趣，能感觉、欣赏方言之美，方言的妙处。

上海话不是最有表现力的方言，但是有些上海话是不能代替的。比如“辣辣两记耳光！”这只有用上海方音读出来才有劲。曾在报纸上读一纸短文，谈泡饭，说有两个远洋轮上的水手，想念上海，想念上海的泡饭，说回上海首先要“杀杀搏搏吃两碗泡饭!”“杀杀搏搏”说得真是过瘾。

有一个关于苏州人的笑话，说两位苏州人吵了架，几至动武，一位说：“阿要把倷两记耳光搭搭？”用小菜佐酒，叫作“搭搭”。打人还要征求对方的同意，这句话真正是“吴侬软语”，很能表现苏州人的特点。当然，这是个夸张的笑话，苏州人虽“软”，不会软到这个样子。

有苏州人、杭州人、绍兴人和一位扬州人到一个庙里，看到“四大金刚”，各说了一句有本乡特点的话，扬州人念了四句诗：

四大金刚不出奇，
里头是草外头是泥。
你不要夸你个子大，
你敢跟我洗澡去！

这首诗很有扬州的生活特点。扬州人早上皮包水（上茶馆吃茶），晚上“水包皮”（下澡堂洗澡）。四大金刚当然不敢洗澡去，那就会泡烂了。这里的“去”须用扬州方音，读如kì。

写有地方特点的小说、散文，应适当地用一点本地方言。《黄油烙饼》里有这样几句：“这车的样子真可笑，车轱辘是两个木头饼子，还不怎么圆，骨碌碌，骨碌碌，往前滚。”这里的“骨碌碌”要用张家口坝上的音读，“骨”字读入声。如用北京音读，即少韵味。

## 幽默

《梦溪笔谈》载：

> 关中无螃蟹。元丰中，予在陕西，闻秦州人家收得一干蟹，土人怖其形状，以为怪物，每人家有病疟者，则借去挂门户上，往往遂差。不但人不识，鬼亦不识也。

过去以为生疟疾是疟鬼作祟，故云：“不但人不识，鬼亦不识也。”说得非常幽默。这句话如译为口语，味道就差一些了，只能用笔记体的比较通俗的文言写。有人说中国无幽默，噫，是何言欤！宋人笔记，如《梦溪笔谈》《容斋随笔》，有不少是写得很幽默的。

幽默要轻轻淡淡，使人忍俊不禁，不能存心使人发笑，如北京人所说“胳肢人”。

一九九三年二月十七日

# 05 花瓶

这张汉是对门万顺酱园连家的一个亲戚兼食客，全名是张汉轩，大家却叫他张汉。大概是觉得已经沦为食客，就不必“轩”了。此人有七十岁了，长得活脱像一个伏尔泰，一张尖脸，一个尖尖的鼻子。他年轻时在外地做过幕，走过很多地方，见多识广，什么都知道，是个百事通。比如说抽烟，他就告诉你烟有五种：水、旱、鼻、雅、潮。“雅”是鸦片。“潮”是潮烟，这地方谁也没见过。说喝酒，他就能说出山东黄、状元红、莲花白……说喝茶，他就告诉你狮峰龙井、苏州的碧螺春，云南的“烤茶”是在怎样一个罐里烤的，福建的工夫茶的茶杯比酒盅还小，就是吃了一只炖肘子，也只能喝三杯，这茶太酽了。他熟读《子不语》《夜雨秋灯录》，能讲许多鬼狐故事。他还知道云南怎样放蛊，湘西怎样赶尸。他还亲眼见到过旱魃、僵尸、狐狸精，有时间，有地点，有鼻子有眼。三教九流，医卜星相，他全知道。他读过《麻衣神相》《柳庄神相》，会算“奇门遁甲”“六壬课”“灵棋经”。他总要到快九点钟时才出现（白天不知道他干什么），他一来，大家精神为之一振，这一晚上就全听他一个人刮话。

——旧作《异秉》

张汉在保全堂药店讲过许多故事。有些故事平平淡淡，意思不大

（尽管他说得神乎其神）。有些过于不经，使人难信。有一些却能使人留下强烈印象，日后还会时常想起。

下面就是他讲过的一个故事。

死生由命，富贵在天。不但是人，就是猫狗，也都有它的命。就是一件器物，什么时候毁坏，在它造出来的那一天，就已经注定了。

江西景德镇，有一个瓷器工人，专能制造各种精美瓷器。他造的瓷器，都很名贵。他同时又是个会算命的人。每回造出一件得意的瓷器，他就给这件瓷器算一个命。有一回，他造了一只花瓶。出窑之后，他都呆了：这是一件窑变，颜色极美，釉彩好像在不停地流动，光华夺目，变幻不定。这是他入窑之前完全没有想到的。他给这只花瓶也算了一个命。花瓶脱手之后，他就一直设法追踪这只宝器的下落。

过了若干年，这件花瓶数易其主，落到一户人家。当然是大户人家，而且是爱好古玩的收藏家。小户人家是收不起这样价值连城的花瓶的。

这位瓷器工人，访到了这家，等到了日子，敲门求见。主人出来，知是远道来客，问道："何事？"——"久闻府上收了一只窑变花瓶，我特意来看看。——我是造这个花瓶的工人。"主人见这人的行为有点离奇，但既是造花瓶的人，不便拒绝，便迎进客厅侍茶。

瓷器工人抬眼一看，花瓶摆在条案上，别来无恙。

主人好客，虽是富家，却不倨傲。他向瓷器工人讨教了一些有关烧窑挂釉的学问，并拿出几件宋元瓷器，请工人鉴赏。宾主二人，谈得很投机。

忽然听到当啷一声，条案上的花瓶破了！主人大惊失色，跑过去捧起花瓶，跌着脚连声叫道：“可惜！可惜——好端端地，怎么会破了呢？”

瓷器工人不慌不忙，走了过去，接过花瓶，对主人说：“不必惋惜。”他从瓶里摸出一根方头铁钉，并让主人向花瓶胎里看一看。只见瓶腹内用蓝釉烧着一行字：

某年月日时鼠斗落钉毁此瓶

这是一个迷信故事。这个故事当然是编出来的，不过编得很有情致。这比许多荒唐恐怖的迷信故事更能打动人，并且使人获得美感。

## 06 谈读杂书

我读书很杂，毫无系统，也没有目的。随手抓起一本书来就看。觉得没意思，就丢开。我看杂书所用的时间比看文学作品和评论的要多得多。常看的是有关节令风物民俗的，如《荆楚岁时记》《东京梦华录》。其次是方志、游记，如《岭表录异》《岭外代答》。讲草木虫鱼的书我也爱看，如法布尔的《昆虫记》，吴其浚的《植物名实图考》，陈淏子的《花镜》。讲正经学问的书，只要写得通达而不迂腐的也很好看，如《癸巳类稿》。《十驾斋养新录》差一点，其中一部分也挺好玩。我也爱读书论、画论。有些书无法归类，如《宋提刑洗冤录》，这是讲验尸的。有些书本身内容就很庞杂，如《梦溪笔谈》《容斋随笔》之类的书，只好笼统地称之为笔记了。

读杂书至少有以下几种好处：第一，这是很好的休息。泡一杯茶懒懒地靠在沙发里，看杂书一册，这比打扑克要舒服得多。第二，可以增长知识，认识世界。我从法布尔的书里知道知了原来是个聋子，从吴其浚的书里知道古诗里的葵就是湖南、四川人现在还吃的冬苋菜，实在非常高兴。第三，可以学习语言。杂书的文字都写得比较随便，比较自然，不是正襟危坐，刻意为文，但自有情致，而且接近口语。一个现代作家从古人学语言，与其苦读《昭明文选》、“唐宋八家”，不如多看杂书。这样较易融入自己的笔下。这是我的一点经验之谈。青年作家，不妨试试。第四，从杂书里可以悟出一些写小说、写散文的道理，尤其是书论和画论。包世臣《艺舟双楫》云：“吴兴书笔专用平顺；一点一画，一字一行，排次顶接而成。古帖字体，大小颇有相径庭者，如老翁携幼孙行，长短参差，而情意真挚，痛痒相关。吴兴书如市人入隘巷，鱼贯徐行，而争先竞后之色，人人见面，安能使上下左右空白有字哉！”他讲的是写字，写小说、散文不也正当如此吗？小说、散文的各部分，应该“情意真挚，痛痒相关”，这样才能做到“形散而神不散”。

一九八六年六月九日

载一九八六年七月八日《新民晚报》

# 07 旧病杂忆

## 对口

那年我还小，记不清是几岁了。我母亲故去后，父亲晚上带着我睡。我觉得脖子后面不舒服。父亲拿灯照照，肿了，有一个小红点。半夜又照照，有一个小桃子大了。天亮再照照，有一个莲子盅大了。父亲说："坏了，是对口！"

"对口"是长在第三节颈椎处的恶疮，因为正对着嘴，故名"对口"，又叫"砍头疮"。过去刑人，下刀处正在这个地方。——杀头不是乱砍的，用刀在第三颈节处使巧劲一推，脑袋就下来了，"身首异处"。"对口"很厉害，弄不好会把脖子烂通。——那成什么样子！

父亲拉着我去看张冶青。张冶青是我父亲的朋友，是西医外科医生，但是他平常极少为人治病，在家闲居。他叫我趴在茶几上，看了看，哆里哆嗦地找出一包手术刀，挑了一把，在酒精灯上烧了烧。这位张先生，连麻药都没有！我父亲在我嘴里塞了一颗蜜枣，我还没有一点准备，只听得"呼"的一声，张先生已经把我的对口豁开了。他怎么挤脓挤血，我都没看见，因为我趴着。他拿出一卷绷带，搓成条，蘸上药——好像主要就是凡士林，用一个镊子一截一截塞进我的刀口，好长一段！这是我看见的。我没有觉得疼，因为这个对口已经熟透了，只觉得往里塞绷带时怪痒痒。都塞进去了，发胀。

我的蜜枣已经吃完了，父亲又塞给我一颗，回家！

张先生嘱咐第二天去换药。把绷带条抽出来，再用新的蘸了药的绷带条塞进去。换了三四次。我注意塞进去的绷带条越来越短了。不几天，就收口了。

张先生对我父亲说：“令郎真行，哼都不哼一声！”干吗要哼呢？我没觉得怎么疼。

以后，我这一辈子在遇到生理上或心理上的病痛时，我很少哼哼。难免要哼，但不是死去活来，弄得别人手足无措，惶惶不安。

我的后颈至今还落下了个疤瘌。

衔了一颗蜜枣，就接受手术，这样的人大概也不多。

一九九二年

## 疟疾

我每年要发一次疟疾，从小学到高中，一年不落，而且有准季节。每年桃子一上市的时候，就快来了，等着吧。

有青年作家问爱伦堡：“头疼是什么感觉？”他想在小说里写一个人头疼。爱伦堡说：“这么说，你从来没有头疼过，那你真是幸福！”头疼的感觉是没法说的。中国（尤其是北方）很多人是没有得过疟疾的。如果有一位青年作家叫我介绍一下疟疾的感觉，我也没有办法。起先是发冷，来了！大老爷升堂了！——我们那里把疟疾开始发作，叫作“大老爷升堂”，不知是何道理。赶紧钻被窝。冷！盖了两床厚棉被还是冷，冷得牙齿嘚嘚地响。冷过了，发热，浑身发烫。而且，剧烈地头疼。有一首散曲咏疟疾："冷时节似冰凌上坐，热时节似蒸笼里卧，疼时节疼得天灵破，天呀天，似这等寒来暑往人难过！"反正，这滋味不大好受。好了！出汗了！大汗淋漓，内衣湿透，遍体轻松，疟疾过去了，"大老爷退堂"。擦擦额头的汗，饿了！坐起来，粥已经煮好了，就一碟甜酱小黄瓜，喝粥。香啊！

杜牧诗云："忍过事堪喜。"对于疟疾也只有忍之一法。挺挺，就过来了，也吃几剂汤药（加减小柴胡汤之类），不管事。发了三次之后，都还是吃"蓝印金鸡纳霜"（即奎宁片）解决问题。我父亲说我是阴虚，有一年让我吃了好些海参。每天吃海参，真不错！不过还是没有断根。一直到一九三九年，生了一场恶性疟疾，我身体内部的"古老又古老的疟原虫"才跟我彻底告别。

恶性疟疾是在越南得的。我从上海坐船经香港到河内，乘滇越铁路火车到昆明去考大学。到昆明寄住在同济中学的学生宿舍里，通过一个间接的旧日同学的关系。住了没有几天，病倒了。同济中学的那个学生把我弄到他们的校医室，验了血，校医说我血里有好几种病菌，包括伤寒病菌什么的，叫赶快送医院。

到医院，护士给我量了量体温，体温超过四十摄氏度。护士二话不说，先给我打了一剂强心针。我问："要不要写遗书？"

护士嫣然一笑："怕你烧得太厉害，人受不住！"

抽血，化验。

医生看了化验结果，说有多种病菌潜伏，但主要问题是恶性疟疾。开了注射药针。过了一会儿，护士拿了注射针剂来。我问："是什么针？"

"606。"

我赶紧声明，我生的不是梅毒，我从来没有……

“这是治疗恶性疟疾的特效药。奎宁、阿托品，对你已经不起作用。”

606，疟原虫、伤寒菌，还有别的不知什么菌，在我的血管里混战一场。最后是606胜利了。病退了，但是人很“吃亏”，医生规定只能吃藕粉。藕粉这东西怎么能算是“饭”呢？我对医院里的藕粉印象极不佳，并从此在家里也不吃藕粉。后来可以喝蛋花汤。蛋花汤也不能算饭呀！

我要求出院，医生不准。我急了，说：我到昆明是来考大学的，明天就是考期，不让我出院，那怎么行！

医生同意了。

喝了一肚子蛋花汤，晕晕乎乎地进了考场。天可怜见，居然考取了！

自打生了一次恶性疟疾，我的疟疾就除了根，半个多世纪以来，没有复发过。也怪。

载一九九二年五月九日《济南日报》

## 牙疼

我从大学时期，牙就不好。一来是营养不良，饥一顿，饱一顿；二来是不讲口腔卫生。有时买不起牙膏，常用食盐、烟灰胡乱地刷牙。又抽烟，又喝酒。于是牙齿龋蛀，时常发炎——牙疼。牙疼不很好受，但不至于像契诃夫小说《马姓》里的老爷一样疼得吱哇乱叫。“牙疼不是病，疼起来要人命”，不见得。我对牙疼泰然置之，而且有点幸灾乐祸地想：我倒看你疼出一朵什么花来！我不会疼得“五心烦躁”，该咋着还咋着，照样活动。腮帮子肿得老高，还能谈笑风生，语惊一座。牙疼于我何有哉！

不过老疼，也不是个事。有一颗槽牙，已经活动，每次牙疼，它是祸始。我于是决心拔掉它。昆明有一个修女，又是牙医，据说治牙很好，又收费甚低，我于是攒借了一点钱，想去找这位修女。她在一个小教堂的侧门之内“悬壶”。不想到了那里，侧门紧闭，门上贴了一个字条：修女因事离开昆明，休诊半个月。我当时这个高兴呀！王子猷雪夜访戴，乘兴而去，兴尽而归，何必见戴！我拿了这笔钱，到了小西门马家牛肉馆，要了一盘冷拼，四两酒，美美地吃了一顿。

昆明七年，我没有治过一次牙。

在上海教书的时候，我听从一个老同学母亲的劝告，到她熟识的私人开业的牙医处让他看看我的牙。这位牙科医生，听他的姓就知道是广东人，姓麦。他拔掉我的早已糟朽不堪的槽牙。他的“手艺”（我一直认为治牙镶牙是一门手艺）如何，我不知道，但是我对他很有好感，因为他的候诊室里有一本A.纪德的《地粮》。牙科医生而读纪德，此人不俗！

到了北京，参加剧团，我的牙越发地不行，有几颗跟我陆续辞行了。有人劝我去装一副假牙，否则尚可效力的牙齿会向空缺的地方发展。通过一位名琴师的介绍，我去找了一位牙医。此人是京剧票友，唱大花脸。他曾为马连良做过一枚内外纯金的金牙。他拔掉我的两颗一提溜就下来的病牙，给我做了一副假牙，说：“你这样就可以吃饭了，可以说话了。”我还是应该感谢这位票友牙医，这副假牙让我能吃爆肚，虽然我觉得他颇有江湖气，不像上海的麦医生那样有书卷气。

“文革”中，我正要出剧团的大门，大门“哐”的一声被踢开，正甩在我的脸上。我当时觉得嘴里乱七八糟！吐出来一看，我的上下四颗门牙都被震下来了，假牙也断成了两截。踢门的是一个翻跟头的武戏演员，没有文化。就是他，有一天到剧团来大声嚷嚷：“同志们！告诉你们一个好消息，往后吃油饼便宜了！”——“怎么啦？”——“大庆油田出油了！”这人一向是个冒失鬼。剧团的大门是可以里外两面开的玻璃门，玻璃上糊了一层报纸，他看不见里面有人出来。这小子不推门，一脚踹开了。他直道歉：“对不起！对不起！”我说：“没事儿！没事儿！你走吧！”对这么个人，我能说什么呢？他又不是有心。掉了四颗门牙，竟没有流一滴血，可见这四颗牙已经衰老到什么程度，掉了就掉了吧。假牙左边半截已经没有用处，右边的还能凑合一阵。我就把这半截假牙单摆浮搁地安在牙床上，既没有钩子，也没有套子，嗨，还真能嚼东西。当然也有不方便处：一、不能吃脆萝卜（我最爱吃萝卜）；二、不能吹笛子了（我的笛子原来是吹得不错的）。

这样对付了好几年。直到一九八六年我随中国作家代表团访问香港前，我才下决心另装一副假牙。有人跟我说：“瞧你那嘴牙，七零八落，简直有伤国体！”

我找到一个小医院——建筑工人医院。医院的一个牙医师小宋是我的读者，可以不用挂号、排队，进门就看。小宋给我检查了一下，又请主任医师来看看。这位主任用镊子依次掰了一下我的牙，说：“都得拔了。全部‘二度动摇’。做一副满口。这么凑合，不行。做一副，过两天，又掉了，又得重做，多麻烦！”我说：“行！不过再有一个月，我就要到香港去，拔牙、安牙，来得及吗？”“来得及。”主任去准备麻药，小宋悄悄跟我说："我们主任，是在日本学的。她的劲儿特别大，出名的手狠。"我的硕果仅存的十一颗牙，一个星期，分三次，全部拔光。我于拔牙，可谓曾经沧海，不在乎。不过拔牙后还得修理牙床骨，因为牙掉的先后不同，早掉的牙床骨已经长了突起的骨质小骨朵，得削平了。这位主任真是大刀阔斧，不多一会儿，就把我的牙床骨铲平了。小宋带我到隔壁找做牙的技师小马，当时就咬了牙印。

一般拔牙后要经一个月，等伤口长好才能装假牙。但有急需，也可以马上就做，这有个专用名词，叫作"即刻"。

"即刻"本是权宜之计，小马让我从香港回来再去做一副。我从香港回来，找了小马，小马把我的假牙看了看，问我："有什么不舒服吗?"——"没有。"——那就不用再做了，你这副很好。"

我从拔牙到装上假牙，一共才用了两个星期，而且一次成功，少有。这副假牙我一直用到现在。

常见很多人安假牙老不合适，不断修理，一再重做，最后甚至就不再戴。我想，也许是因为假牙做得不好，但是也由于本人不能适应，稍不舒服，即觉得别扭。要能适应。假牙嘛，哪能一下就合适，开头总会格格不入的。慢慢地，等牙床和假牙已经严丝合缝，浑然一体，就好了。

凡事都是这样，要能适应、习惯、凑合。

一九九二年二月二十二日

载一九九二年八月一日《济南日报》

# ⑧ 却老

糊里糊涂，就老了。不知道从什么时候起，别人对我的称呼从“老汪”变成了“汪老”。老态之一，是记性不好。初见生人，经人介绍，很热情地握手，转脸就忘了此人叫什么。有的朋友见过不止一次，一起开会交谈，却怎么也想不起该怎么称呼。有时接到电话，订了约会，自以为是记住了，但却忘得一干二净。但是一些旧事，包括细节，却又记得十分清楚。这是老人“十悖”之一，上了岁数，都是这样。另外一方面，又还不怎么显老，眼睛还不老。人老，首先老在眼睛上。老人眼睛没神，眼睛是空的，说明他已经失去思想的敏锐性，他的思想集中不起来。我自觉还不是这样。前几年《三月风》杂志请丁聪为我画了一张漫画头像，让我写几句话作为像赞，写了四句诗：

近事模糊远事真，
双眸犹幸未全昏。
衰年变法谈何易，
唱罢莲花又一春。

人总要老的，但要尽量使自己老得慢一些。

要使自己老得慢一点，首先要保持思想的年轻，不要僵化。重要的，甚至是唯一的办法，是和年轻人多接触。今年五月，我给青年诗人魏志远的小说集写了一篇序，说：

去年下半年，我为几个青年作家写过序，读了一些他们的作品。每一次都是一次新的经验，都是对我的衰老的一次冲击，对我这盆奇形怪状的老盆景下了一场雨。

……

志远这样的作家是不需要“导师”的（志远是我在鲁迅文学院所带的研究生，我算是他的导师），谁也不能指导他什么。任何一个作家都不需要什么导师。我不是志远的导师，是朋友。因为年辈的相差，可以说是忘年交。凡上岁数的作家，都应该多有几个忘年交。相交忘年，不是为了去指导，而是去接受指导，或者，说得婉转一点，是接受影响，得到启发。这是遏制衰老的唯一办法。

我说的是实实在在的话，不是矫情。但这对一些人是不适用的。

要长葆思想的活泼，得常用。太原晋祠有泉曰“难老”，有亭，亭中有小竖匾，匾是傅青主所写，曰“永锡难老”。泉水所以难老，因为流动。人的思想也是这样，常用，则灵活敏捷；老不用，就会迟钝甚至痴呆。用思想，最好的办法是写文章。平常想一些事情，想想也就过去了。倘要落笔写成文章，就得再多想想，使自己的思想合逻辑，有条理，同时也会发现这件事所蕴藏的更丰富的意义。为写文章，尤其是散文，就要读一点书。平常读书，稍有发现，常常是看过也就算了。到要写一点什么，就不同了。朱光潜先生说为写文章而读书，会读得更细致，更深入，这是经验之谈。文章越写越有，老不写，就没有。庄稼人学种地，老人们常说“力气越用越有”，写文章也是这样。带着问题读书，常常会旁及有关的材料。最近重读《阅微草堂笔记》，原来是为印证鲁迅对此书的评价（我曾经认为鲁迅的评价偏高），却从书中发现纪晓岚的父亲纪姚安是个非常有意思的人，他的思想非常通达，因写了一篇散文《纪姚安的议论》，这是原先没有想到的。我因此又对乾嘉之际的学者的思想产生兴趣，很想读一读戴东原、俞理初的书。写文章引起读书的兴趣，这是最大的收获。写作最好养成习惯。老舍先生说他有得写没得写，一天至少要写五百字，因此直到后来，笔下仍极矫健。一个作家在写作的时候，是生命状态最充盈、最饱满的时候，也是最快乐的时候。孙犁同志说写作是他的最好的休息，我有同感。笔耕不辍，乃长寿之道。只是老人写作，譬如登山，不能跑得过猛。像年轻人那样，不分日夜，一口气干出万把字，那是不行的。

一个弄文学的人，倘不愿速老，最好能搞一点现代主义，接受一点西方的影响。上个月，应台湾《联合日报·副刊》之邀，写了一篇小文章。文章小，题目却大："二十一世纪的文学"。我认为本世纪中国文学，颠来倒去，无非是两个方面的问题：一个是现实主义与现代主义的问题；一个是继承民族传统与接受外来影响的问题。前几年，在北京市作协举行的讨论我的小说的座谈会上，我于会议将结束时做了一个简短的发言，题目是"回到现实主义，回到民族传统"，好像这是我的文学主张。所以说"回到"，是因为我年轻时接受过西方现代派的影响。经过一段时间的磨炼，我觉得现实主义是仍有生命力的；一个人，不能脱离自己本土的文化传统，否则就会变成无国籍的"悬空的人"——我曾用这题目写过一篇散文，记几个美国黑人学者的心态，他们的没有自己的文化、没有历史的深刻的悲哀。所谓"祖国"，很重要的成分是祖国的文化。为了怕引起误会，我后来在别的文章里做了一点补充：我所说的现实主义是能容纳一切流派的现实主义；我所说的民族文化传统是不排斥外来影响的文化传统。现实主义和现代主义是可以融合的；民族文化和外来影响也并不矛盾，它们之间并非渭泾分明，作家也不必不归杨则归墨，在一棵树上吊死。二十一世纪的文学，可能既是更加现实主义的，也是更加现代主义的；既有更浓厚的民族传统色彩，也有更鲜明的西方文学的影响。针对中国大陆文学的现状，我以为目前有强调对现代主义、西方影响更加开放的必要。人体需要接受一点刺激，促进新陈代谢。现实主义如果不吸收现代主义，就会衰老，干枯，成为木化石。

“衰年变法谈何易”，变法，我是想过的。怎么变，写那首诗时还没有比较清晰的想法。现在比较清楚了：我得回过头来，在作品里融入更多的现代主义。

不一定每篇作品都是这样。有时是受所表现的生活所制约的。比如我写的《天鹅之死》，时空交错，有点现代派；最近为《中国作家》写的《小芳》，就写得很平实，初看，看不出有什么现代派的影子。说要融入更多的现代主义只是一个主观追求的倾向。现实主义和现代主义都是一个宽泛的概念，作家不要自我设限，如孔夫子所说：“今汝画”。

路漫漫其修远兮，吾将上下而求索。

给我看过相的都说我能长寿。有一位素不相识的退休司机在一个小酒馆里自荐给我看一相，断言我能活九十岁。我今年七十一，还能活多久，未可知也。我是希望能多活几年的，我要多看看，看看世界的变化，国家的变化，文学的变化。

一九九一年六月十七日

## 09 晚年

我们楼下随时有三个人坐着。他们都是住在这座楼里的。每天一早，吃罢早饭，他们各人提了马扎，来了。他们并没有约好，但是时间都差不多，前后差不了几分钟。他们在副食店墙根下坐下，挨得很近。坐到快中午了，回家吃饭。下午两点来钟，又来坐着，一直坐到副食店关门了，回家吃晚饭。只要不是刮大风，下雨，下雪，他们都在这里坐着。

一个是老佟。和我住一层楼，是近邻。有时在电梯口见着，也寒暄两句："吃啦?""上街买菜？"中华人民共和国成立前他在国民党一个什么机关当过小职员，中华人民共和国成立后拉过几年排子车，早退休了。现在过得还可以。一个孙女已经读大学三年级了。他八十三岁了。他的相貌举止没有什么特别的地方。脑袋很圆，面色微黑，有几块很大的老人斑。眼色总是平静的。他除了坐着，有时也遛个小弯，提着他的马扎，一步一步，走得很慢。

一个是老辛。老辛的样子有点奇特。块头很大，肩背又宽又厚，身体结实如牛。脸色紫红紫红的。他的眉毛很浓，不是两道，而是两丛。他的头发、胡子都长得很快。刚剃了头没几天，就又是一头乌黑的头发，满腮乌黑的短胡子。好像他的眉毛也在不断往外长。他的眼珠子是乌黑的。他的神情很怪。坐得很直，脑袋稍向后仰，蹙着浓眉，双眼直视路上行人，嘴唇嘬着，好像在往里用力地吸气。好像愤愤不平，又像藐视众生，看不惯一切，心里在想：你们是什么东西！我问过同楼住的街坊：他怎么总是这样的神情？街坊说：他就是这个样子！后来我听说他原来是一个机关食堂煮猪头肉、猪蹄、猪下水的。那么他是不会怒视这个世界，蔑视谁的。他就是这个样子。他怎么会是这个样子呢？他脑子里在想什么？还是什么都不想？他岁数不大，六十刚刚出头，退休还不到两年。

一个是老许。他最大，八十七了。他面色苍黑；有几颗麻子，看不出有八十七了——看不出有多大年龄。这老头怪有意思。他有两串数珠——说“数珠”不大对，因为他并不信佛，也不“掐”它。一串是核桃的，一串是山桃核的。有时他把两串都带下来，绕在腕子上。有时只带一串山桃核的，因为核桃的太大，也沉。山桃核有年头了，已经叫他的腕子磨得很光润。他不时将他的数珠改装一次，拆散了，加几个原来是钉在小孩子帽子上的小银铃铛之类的东西，再穿好。有一次是加了十个算盘珠。过路人有的停下来看看他的数珠，他就把袖子向上提提，叫数珠露出更多。他两手戴了几个戒指，一看就是黄铜的，然而他告诉人是金的。他用一个钥匙链，一头拴在纽扣上，一头拖出来。塞在左边的上衣口袋里，就像早年间戴怀表一样。他自己感觉，这就是怀表。他在上衣口袋里插着两枝塑料圆珠笔的空壳——是他的孙女用剩下的，一枝白色的，一枝粉红的。我问老佟：“他怎么爱搞这些？”老佟说：“弄好些零碎！”他年轻时“跑”过“腿”，做过买卖。我很想跟他聊聊。问他话，他只是冲我笑笑。老佟说：“他是个聋子。”

这三个在一处一坐坐半天，彼此都不说话。既然不说话，为什么坐的挨得这样近呢？大概人总得有个伴，即使一句话也不说。

老辛得过一次小中风，（他这样结实的身体怎么会中风呢？）但是没多少时候就好了。现在走起路来脚步还有一点沉。不过他原来脚步就很重。

老佟摔了一跤，骨折了，在家里躺着，起不来。因此在楼下坐着的，暂时只有两个人，不过老佟的骨折会好的，我想。

老许看样子还能活不少年。

载一九九三年《美文》创刊号

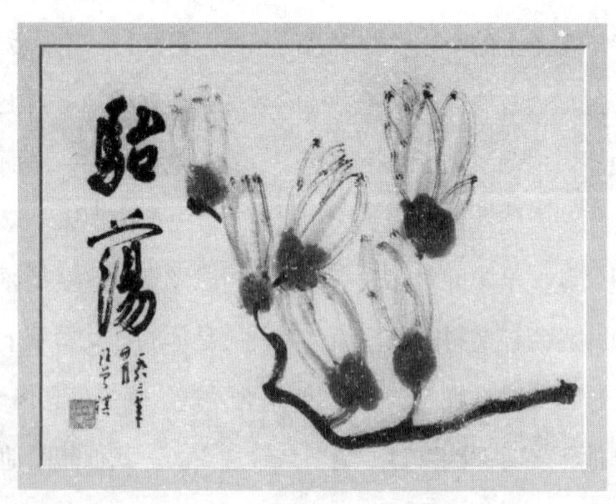

# 辑二 此间生灵

## 01 云南茶花

很多地方在选市花，这是好事。想一想十年大乱时期，公园都成了菜园，现在真是大不相同了。选市花，说明人们有了闲情逸致。人有闲情逸致，说明国运昌隆。

有些市的市民对市花有不同意见，一时定不下来。昆明的市花是不会有争议的。如果市民投票，一定会一致通过：茶花。几十年前昆明就选过一次（那时别的市还没有选举市花之风）。现在再选，还会维持原议。

云南茶花——滇茶，久负盛名。

张岱《陶庵梦忆·逍遥楼》云："滇茶故不易得，亦未有老其材八十余年者。朱文懿公逍遥楼滇茶，为陈海樵先生手植，扶疏蓊翳，老而愈茂。诸文孙恐其力不胜葩，岁删其萼盈斛，然所遗落枝头，犹自燔山熠谷焉。"

鲁迅说张岱的文章每多夸张。这一篇看起来也像有些夸张，但并不，而且写得极好，得滇茶之神理。

昆明西山某寺有一棵大茶花。走进山门，越过站着四大金刚的门道，一抬头便看见通红的一大片。是得抬头的，因为茶花非常高大。大雄宝殿前的石坪是很大的，这棵茶花几乎占了石坪的一小半。花皆如汤碗大，一朵一朵，像烧得炽旺的火球。张岱说滇茶"燔山熠谷"，是一点不错的。据说这棵茶花每年能开三百来朵。满树黑绿肥厚的大叶子衬托着，更显得热闹非常。这才真叫作大红大绿。这样的大红大绿显出一种强壮的生命力。华贵至极，却毫不俗气。这是一个夺人眼目的大景致。如果我的同乡人来看了，一定会大叫一声："乖乖咙的咚！"我不知道寺里的和尚是不是也"岁删其萼盈斛"，但是他们是怕这棵茶花负担不起这样多的大花的，便搭了一个杉木的架子，撑着四围的枝条。昆明茶花到处都有，而该寺的这一棵，大概要算最大的。

茶花的好处是花大，色浓，花期长，而树本极能耐久。西山某寺的茶花大概已经不止八十年了。

江西井冈山一带有一个风俗。人家生了孩子，孩子过周岁时，亲戚朋友送礼，礼物上都要放一枝带叶子的油茶。油茶常绿，越冬不凋，而且开了花就结果；茶果未摘，接着就开花。这是取一个吉兆，祝福这孩子活得像油茶一样强健。一个很美的风俗。我不知道油茶和山茶有没有亲属关系，我在思想上是把它们归为一类的。凡茶之类，都很能活。

中国是茶花的故乡。茶花分滇茶、浙茶。浙茶传到日本，又由日本传到美国。现在日本的浙茶比中国的好，美国的比日本的好。只有云南滇茶现在还是世界第一。

前几年，江西山里发现黄茶花，这是国宝。如果栽培成功，是可以换外汇的。

茶花女喜欢戴的是什么茶花？大概不是滇茶，滇茶太大。我想是浙茶。而且无端地觉得，是白的。

一九八六年十月二十日

载一九八七年第一期《北京文学》

## 02 紫薇

唐朝人也不是都能认得紫薇花的。《韵语阳秋》卷第十六：“白乐天诗多说别花，如《紫薇花诗》云‘除却微之见应爱，世间少有别花人’……今好事之家，有奇花多矣，所谓别花人，未之见也。鲍溶作《仙檀花诗》寄袁德师侍御，有‘欲求御史更分别’之句，岂谓是邪？”这里所说的“别”是分辨的意思。白居易是能“别”紫薇花的，他写过至少三首关于紫薇的诗。

《韵语阳秋》云：

> 白乐天作中书舍人，入直西省，对紫薇花而有咏曰：“丝纶阁下文章静，钟鼓楼中刻漏长。独坐黄昏谁是伴，紫薇花对紫薇郎。”后又云：“紫薇花对紫薇翁，名目虽同貌不同。则此花之珍艳可知矣。”爪其本则枝叶俱动，俗谓之“不耐痒花”。自五月开，至九月尚烂漫，俗又谓之“百日红”。唐人赋咏，未有及此二事者。本朝梅圣俞时注意此花。一诗赠韩子华，则曰：“薄肤痒不胜轻爪，嫩干生宜近禁庐。”一诗赠王景彝，则曰：“薄薄嫩肤搔鸟爪，离离碎叶剪晨霞。”然皆著不耐痒事，而未有及百日红者。胡文恭在西掖前亦有三诗，其一云：“雅当翻药地，繁极曝衣天。”注云：“花至七夕犹繁。”似有百日红之意，可见当时此花之盛。省吏相传，咸平中，李昌武自别墅移植于此。晏元献尝作赋题于省中，所谓“得自羊墅，来从召园，有昔日之绛老，无当时之

仲文”是也。

对于年轻的读者，需要做一点解释，“紫薇花对紫薇郎”是什么意思。紫薇郎亦作紫微郎，唐代官名，即中书侍郎。《新唐书·百官志二》注：“开元元年，改中书省曰紫微省，中书令曰紫微令。”白居易曾为中书侍郎，故自称紫微郎。中书侍郎是要到宫里值班的，独自坐在办公室里，不免有些寂寞，但是这也不是一般人所能谋得到的差事，诗里又透出几分得意。“紫薇花对紫薇郎”，使人觉得有点罗曼蒂克，其实没有。不过你要是有一点罗曼蒂克的联想，也可以。石涛和尚画过一幅紫薇花，题的就是白居易的这首诗。紫薇颜色很娇，画面很美，更易使人产生这是一首情诗的错觉。

从《韵语阳秋》的记载，我们可以知道两件事。一是“爪其本则枝叶俱动”。紫薇的树干的外皮易脱落，露出里面的“嫩肤”，嫩肤上留下外皮脱落后留下的一片一片的青色和白色的云斑。用指甲搔搔树干的嫩肤，确实是会枝叶俱动的。宋朝人叫它“不耐痒花”，现在很多地方叫它“怕痒痒树”或“痒痒树”。这到底是什么道理，好像没有人解释过。二是花期甚长。这是夏天的花。胡文恭说它“繁极曝衣天”，白居易说它“独占芳菲当夏景，不将颜色托春风”。但是它“花至七夕犹繁”。我甚至在飘着小雪的天气，还看见一棵紫薇依然开着仅有的一穗红花！

我家的后园有一棵紫薇。这棵紫薇有年头了，主干有茶杯口粗，高过屋檐。一到放暑假，它开起花来，真是“繁”得不得了。紫薇花是六瓣的，但是花瓣皱缩，瓣边还有很多不规则的缺刻，所以根本分不清它是几瓣，只是碎碎叨叨的一球，当中还射出许多花须、花蕊。一个枝子上有很多朵花。一棵树上有数不清的枝子。真是乱。乱红成阵。乱成一团。简直像一群幼儿园的孩子放开了又高又脆的小嗓子一起乱嚷嚷。在乱哄哄的繁花之间还有很多赶来凑热闹的黑蜂。这种蜂不是普通的蜜蜂，个儿很大，有指头顶那样大，黑的，就是齐白石爱画的那种。我到现在还叫不出这是什么蜂。这种大黑蜂分量很重。它一落在一朵花上，抱住了花须，这一穗花就叫它压得沉了下来。它起翅飞去，花穗才挣回原处，还得哆嗦两下。

大黑蜂不像马蜂那样会做窠。它们也不像马蜂一样地群居，是单个生活的。在人家房檐的椽子下面钻一个圆洞，这就是它的家。我常常看见一个大黑蜂飞回来了，一收翅膀，钻进圆洞，就赶紧用一根细细的帐竿竹子捅进圆洞，来回地拧，它就在洞里嗡嗡地叫。我把竹竿一拔，啪的一声，它就掉到了地上。我赶紧把它捉起来，放进一个玻璃瓶里，盖上盖——瓶盖上用洋钉凿了几个窟窿。瓶子里塞了好些紫薇花。大黑蜂没有受伤，它只是摔晕过去了。过了一会儿，它缓醒过来了，就在花瓣之间乱爬。大黑蜂生命力很强，能活几天。我老幻想它能在瓶里待熟了，放它出去，它再飞回来。可是不知什么时候，它仰面朝天，死了。

紫薇原产于中国中部和南部。白居易诗云“浔阳宫舍双高树，兴善僧庭一大丛。何似苏州安置处，花堂栏下月明中”，这些都是偏南的地方。但是北方很早就有了，如长安。北京过去也有，但很少（北京人多不识紫薇）。近年北京大量种植，到处都是。街心花园几乎都有。选择这种花木来美化城市环境是很有道理的，因为它花繁盛，颜色多（多为胭脂红，也有紫色和白色的），花期长，但是似乎生长得很慢。密云水库大坝下的通道两侧，隔不远就有一棵紫薇。我每年夏天要到密云开一次会，年年到坝下散步，都看到这些紫薇。看了四年，它们好像还是那样大。

比起北京雨后春笋一样耸立起来的高楼，北京的花木的生长就显得更慢。因此，对花木要倍加爱惜。

一九八七年二月二十一日

载一九八七年第六期《作家》

## 03 蜡梅花

“雪花、冰花、蜡梅花……”我的小孙女这一阵老是唱这首儿歌。其实她没有见过真的蜡梅花，只是从我画的画上见过。

周紫芝《竹坡诗话》云：“东南之有蜡梅，盖自近时始。余为儿童时，犹未之见。元祐间，鲁直诸公方有诗，前此未尝有赋此诗者。政和间，李端叔在姑溪，元夕见之僧舍中，尝作两绝，其后篇云：‘程氏园当尺五天，千金争赏凭朱栏。莫因今日家家有，便作寻常两等看。’观端叔此诗，可以知前日之未尝有也。”看他的意思，蜡梅是从北方传到南方去的。但是据我的印象，现在倒是南方多，北方少见，尤其难见到长成大树的。我在颐和园藻鉴堂见过一棵，种在大花盆里，放在楼梯拐角处。因为不是开花的时候，绿叶披纷，没有人注意。和我一起住在藻鉴堂的几个搞剧本的同志，都不认识这是什么。

我的家乡有蜡梅花的人家不少。我家的后园有四棵很大的蜡梅。这四棵蜡梅，从我记事的时候，就已经是那样大了。很可能是我的曾祖父在世的时候种的。这样大的蜡梅，我以后在别处没有见过。主干有汤碗口粗细，并排种在一个砖砌的花台上。这四棵蜡梅的花心是紫褐色的，按说这是名种，即所谓“檀心磬口”。蜡梅有两种，一种是檀心的，一种是白心的。我的家乡偏重白心的，美其名曰“冰心蜡梅”，而将檀心的贬为“狗心蜡梅”。蜡梅和狗有什么关系呢？真是毫无道理！因为它是狗心的，我们也就不大看得起它。

不过凭良心说，蜡梅是很好看的。其特点是花极多——这也是我们不太珍惜它的原因。物稀则贵，这样多的花，就没有什么稀罕了。每个枝条上都是花，无一空枝。而且长得很密，一朵挨着一朵，挤成了一串。这样大的四棵大蜡梅，满树繁花，黄灿灿地吐向冬日的晴空，那样的热热闹闹，而又那样的安安静静，实在是一个不寻常的境界。不过我们已经司空见惯，每年都有一回。

每年腊月，我们都要折蜡梅花。上树是我的事。蜡梅木质疏松，枝条脆弱，上树是有点危险的。不过蜡梅多枝杈，便于登踏，而且我年幼身轻，正是“一日上树能千回”的时候，从来也没有掉下来过。我的姐姐在下面指点着：“这枝，这枝！——哎，对了，对了！”我们要的是横斜旁出的几枝，这样的不蠢；要的是几朵半开，多数是骨朵的，这样可以在瓷瓶里养好几天——如果是全开的，几天就谢了。

下雪了，过年了。大年初一，我早早就起来，到后园选摘几枝全是骨朵的蜡梅，把骨朵都剥下来，用极细的铜丝——这种铜丝是穿珠花用的，就叫作“花丝”，把这些骨朵穿成插鬓的花。我们县北门的城门口有一家穿珠花的铺子，我放学回家路过，总要钻进去看几个女工怎样穿珠花，我就用她们的办法穿成各式各样的蜡梅珠花。我在这些蜡梅珠花当中嵌了几粒天竺果——我家后园的一角有一棵天竺。黄蜡梅、红天竺，我到现在还很得意，那是真很好看的。我把这些蜡梅珠花送给我的祖母，送给大伯母，送给我的继母。她们梳了头，就插戴起来。然后，互相拜年。我应该当一个工艺美术师的，写什么屁小说！

一九八七年二月十八日

载一九八七年第六期《作家》

# 04 夏天的昆虫

## 蝈蝈

蝈蝈我们那里叫作“叫蛐子”。因为它长得粗壮结实，样子也不大好看，还特别在前面加一个“侉”字，叫作“侉叫蛐子”。这东西就是会呱呱地叫。有时嫌它叫得太吵人了，在它的笼子上拍一下，它就大叫一声：“呱！——”停止了。它什么都吃。据说吃了辣椒更爱叫，我就挑顶辣的辣椒喂它。早晨，掐了南瓜花（谎花）喂它，只是取其好看而已。这东西是咬人的。有时捏住笼子，它会从竹篾的洞里咬你的指头肚子一口！

另有一种秋叫蛐子，较晚出，体小，通体碧绿如玻璃料，叫声清脆。秋叫蛐子养在牛角做的圆盒中，顶面有一块玻璃。我能自己做这种牛角盒子，要紧的是弄出一块大小合适的圆玻璃。把玻璃放在水盆里，用剪子剪，则不碎裂。秋叫蛐子价钱比侉叫蛐子贵得多。养好了，可以越冬。

叫蛐子是可以吃的。得是三尾的，腹大多子。扔在枯树枝火中，一会儿就熟了。味极似虾。

## 蝉

蝉大别有三类。一种是“海溜”，最大，色黑，叫声洪亮。这是蝉里的“楚霸王”，生命力很强。我曾捉了一只，养在一个断了发条的旧座钟里，活了好多天。一种是“嘟溜”，体较小，绿色而有点银光，样子最好看，叫声也好听：“嘟溜——嘟溜——嘟溜。”一种叫“叽溜”，最小，暗赭色，也是因其叫声而得名。

蝉喜欢栖息在柳树上。古人常画“高柳鸣蝉”，是有道理的。

北京的孩子捉蝉用粘竿——竹竿头上涂了粘胶。我们小时候则用蜘蛛网。选一根结实的长芦苇，一头撅成三角形，用线缚住，看见有大蜘蛛网就一绞，三角里络满了蜘蛛网，很黏。瞅准了一只蝉，轻轻一捂，蝉的翅膀就被粘住了。

佝偻丈人承蜩，不知道用的是什么工具。

## 蜻蜓

家乡的蜻蜓有三种。

一种极大，头胸浓绿色，腹部有黑色的环纹，尾部两侧有革质的小圆片，叫作“绿豆钢”。这家伙厉害得很，飞时巨大的翅膀磨得嚓嚓地响。或捉之置室内，它会对着窗玻璃猛撞。

一种即常见的蜻蜓，有灰蓝色和绿色的。蜻蜓的眼睛很尖，但到黄昏后眼力就有点不济。它们栖息着不动，从后面轻轻伸手，一捏就能捏住。玩蜻蜓有一种恶作剧的玩法：掐一根狗尾巴草，把草茎插进蜻蜓的屁股，一撒手，蜻蜓就带着狗尾草的穗子飞了。

一种是红蜻蜓。不知道什么道理，说这是灶王爷的马。

另有一种纯黑的蜻蜓。身上、翅膀都是深黑色，我们叫它鬼蜻蜓，因为它有点鬼气。也叫“寡妇”。

## 刀螂

刀螂即螳螂。螳螂是很好看的。螳螂的头可以四面转动。螳螂翅膀嫩绿，颜色和脉纹都很美。昆虫翅膀好看的，为螳螂，为纺织娘。

或问：你写这些昆虫什么意思？答曰：我只是希望现在的孩子也能玩玩这些昆虫，对自然发生兴趣。现在的孩子大都只在电子玩具包围中长大，未必是好事。

载一九八七年第九期《北京文学》

# 05 昆虫备忘录

## 复眼

我从小学三年级“自然”教科书上知道蜻蜓是复眼，就一直琢磨复眼是怎么回事。“复眼”，想必是好多小眼睛合成一个大眼睛。那它怎么看呢？是每个小眼睛都看到一个小形象，合成一个大形象？还是每个小眼睛看到形象的一部分，合成一个完整形象？琢磨不出来。

凡是复眼的昆虫，视觉都很灵敏。麻苍蝇也是复眼，你走近蜻蜓和麻苍蝇，还有一段距离，它就发现了，噌——飞了。

我曾经想过：如果人长了一对复眼？

还是不要！那成什么样子！

## 蚂蚱

河北人把尖头绿蚂蚱叫“挂大扁儿”。西河大鼓里唱道“挂大扁儿甩子在那荞麦叶儿上”，这句唱词有很浓的季节感。为什么叫“挂大扁儿”呢？我怪喜欢“挂大扁儿”这个名字。

我们那里只是简单地叫它蚂蚱。一说蚂蚱，就知道是指尖头绿蚂蚱。蚂蚱头尖，徐文长曾觉得它的头可以蘸了墨写字画画，可谓异想天开。

尖头蚂蚱是国画家很喜欢画的。画草虫的很少没有画过蚂蚱。齐白石、王雪涛都画过。我小时也画过不少张，只为它的形态很好掌握，很好画——画纺织娘，画蝈蝈，就比较费事。我大了以后，就没有画过蚂蚱。前年给一个年轻的牙科医生画了一套册页，有一开里画了一只蚂蚱。

蚂蚱飞起来会格格作响，不知道它是怎么弄出这种声音的。蚂蚱有鞘翅，鞘翅里有膜翅。膜翅是淡淡的桃红色的，很好看。

我们那里还有一种“土蚂蚱”，身体粗短，方头，色黑如泥土，翅上有黑斑。这种蚂蚱，捉住它，它就吐出一泡褐色的口水，很讨厌。

天津人所说的“蚂蚱”，实是蝗虫。天津的“烙饼卷蚂蚱”，卷的是焙干了的蝗虫肚子。河北省人嘲笑农民谈吐不文雅，说是“蚂蚱打喷嚏——满嘴的庄稼气”，说的也是蝗虫。蚂蚱还会打喷嚏？这真是“糟改”庄稼人！

小蝗虫名蛹。有一年，我的家乡闹蝗虫，在这以前，大街上一街蝗蛹乱蹦，看着真是不祥。

## 花大姐

瓢虫款款地落下来了，折好它的黑绸衬裙——膜翅，顺顺溜溜：收拢硬翅，严丝合缝。瓢虫是做得最精致的昆虫。

“做”的？谁做的？

上帝。

上帝？

上帝做了一些小玩意儿，给他的小外孙女儿玩。

上帝的外孙女儿？

对。上帝说：“给你！好看吗？”

“好看！”

上帝的外孙女儿？

对！

瓢虫是昆虫里面最漂亮的。

北京人叫瓢虫为“花大姐”，好名字！

瓢虫，朱红的，磁漆似的硬翅，上有黑色的小圆点。圆点是有定数的，不能瞎点。黑色，叫作“星”。有七星瓢虫、十四星瓢虫……星点不同，瓢虫就分为两大类。一类是吃蚜虫的，是益虫；一类是吃马铃薯的嫩叶的，是害虫。我说吃马铃薯嫩叶的瓢虫，你们就不能改改口味，也吃蚜虫吗？

## 独角牛

吃晚饭的时候，呜——扑！飞来一只独角牛，摔在灯下。它摔得很重，摔晕了。轻轻一捏，就捏住了。

独角牛是硬甲壳虫，在甲虫里可能是最大的，从头到脚，约有二寸。甲壳铁黑色，很硬。头部尖端有一只犀牛一样的角。这家伙，是昆虫里的霸王。

独角牛的力气很大。北京隆福寺过去有独角牛卖。给它套上一辆泥制的小车，它就拉着走。北京管这个大力士好像也叫作独角牛。学名叫什么，不知道。

## 磕头虫

我抓到一只磕头虫，北京也有磕头虫？我觉得很惊奇。我拿给我的孩子看，以为他们不认识。

“磕头虫，我们小时候玩过。”

哦。

磕头虫的脖子不知道怎么有那么大的劲，把它的肩背按在桌面上，它就吧嗒吧嗒地不停地磕头。把它仰面朝天放着，它运一会儿气，脖子一挺，就反弹得老高，空中转体，正面落地。

## 蝇虎

蝇虎，我们那里叫作苍蝇虎子，形状略似蜘蛛而长，短脚，灰黑色，有细毛，趴在砖墙上，不注意是看不出来的。蝇虎的动作很快，苍蝇落在它面前，还没有站稳，已经被它捕获，来不及嘤地叫一声，就进了苍蝇虎子的口了。蝇虎的食量惊人，一只苍蝇，眨眼之间就吃得只剩一张空皮了。

苍蝇是很讨厌的东西，因此人对蝇虎有好感，不伤害它。

捉一只大金苍蝇喂苍蝇虎子，看着它吃下

去，是很解气的。苍蝇虎子对送到它面前的苍蝇从来不拒绝。苍蝇虎子不怕人。

## 狗蝇

世界上最讨厌的东西是狗蝇。狗蝇钻在狗毛里叮狗，叮得狗又疼又痒，烦躁不堪，发疯似的乱蹦、乱转、乱骂人——叫。

一九九三年二月二日

载一九九四年第一期《大家》

# 06 北京的秋花

## 桂花

桂花以多为胜。《红楼梦》薛蟠的老婆夏金桂家“单有几十顷地种桂花”，人称“桂花夏家”。“几十顷地种桂花”，真是一个大观！四川新都桂花甚多。杨升庵祠在桂湖，环湖植桂花，自山坡至水湄，层层叠叠，都是桂花。我到新都谒升庵祠，曾作诗：

桂湖老桂发新枝，
湖上升庵旧有祠。
一种风流谁得似？
状元词曲罪臣诗。

杨升庵是才子，以一甲一名中进士，著作有七十种。他因“议大礼”获罪，充军云南，七十余岁，客死于永昌。陈老莲曾画过他的像，“醉则簪花满头”，面色酡红，是喝醉了的样子。从陈老莲的画像看，升庵是个高个儿的胖子。但陈老莲恐怕是凭想象画的，未必即像升庵。新都人为他在桂湖建祠，升庵死若有知，亦当欣慰。

北京桂花不多，且无大树。颐和园有几棵，没有什么人注意。我曾在藻鉴堂小住，楼道里有两棵桂花，是种在盆里的，不到一人高！

我建议北京多种一点桂花。桂花美阴，叶坚厚，入冬不凋。开花极香浓，干制可以做元宵馅、年糕。既有观赏价值，也有经济价值，何乐而不为呢？

## 菊花

秋季广交会上摆了很多盆菊花。广交会结束了，菊花还没有完全开残。有一个日本商人问管理人员：“这些花你们打算怎么处理？”答云：“扔了！”“别扔，我买。”他给了一点钱，把开得还正盛的菊花全部包了，订了一架飞机，把菊花从广州空运到日本，张贴了很大的海报：“中国菊展。”卖门票，参观的人很多。他捞了一大笔钱。这件事叫我有两点感想：一是日本商人真有商业头脑，任何赚钱的机会都不放过，我们的管理人员是老爷，到手的钱也抓不住。二是中国的菊花好，能得到日本人的赞赏。

中国人长于艺菊，不知始于何年，全国有几个城市的菊花都负盛名，如扬州、镇江、合肥，黄河以北，当以北京为最。

菊花品种甚多，在众多的花卉中也许是最多的。

首先，有各种颜色。最初的菊大概只有黄色的。“鞠有黄华”“零落黄花满地金”，“黄华”和菊花是同义词。后来就发展到什么颜色都有了。黄色的、白色的、紫的、红的、粉的，都有。挪威的散文家别伦·别尔生说各种花里只有菊花有绿色的，也不尽然，牡丹、芍药、月季都有绿的，但像绿菊那样绿得像初新的嫩蚕豆那样，确乎是没有。我几年前回乡，在公园里看到一盆绿菊，花大盈尺。

其次，花瓣形状多样，有平瓣的、卷瓣的、管状瓣的。在镇江焦山见过一盆“十丈珠帘”，细长的管瓣下垂到地，说“十丈”当然不会，但三四尺是有的。

北京菊花和南方的差不多，狮子头、蟹爪、小鹅、金背大红……南北皆相似，有的连名字也相同。如一种浅红的瓣，极细而卷曲如一头乱发的，上海人叫它“懒梳妆”，北京人也叫它“懒梳妆”，因为得其神韵。

有些南方菊种北京少见。扬州人重“晓色”，谓其色如初日晓云，北京似没有。“十丈珠帘”，我在北京没见过。“枫叶芦花”，紫平瓣，有白色斑点，也没有见过。

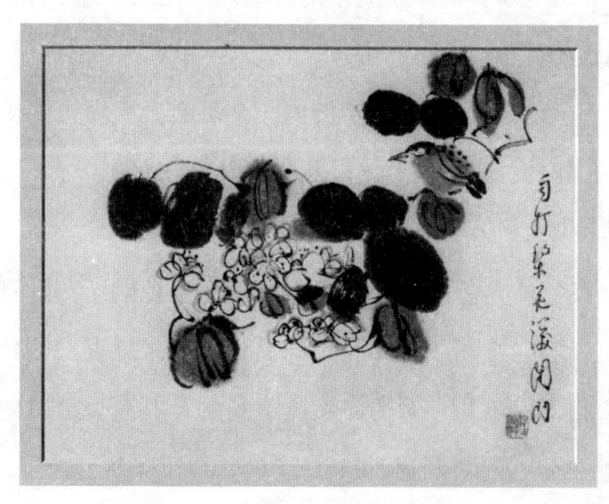

我在北京见过的最好的菊花是在老舍先生家里。老舍先生每年要请北京市文联、文化局的干部到他家聚聚，一次是腊月，老舍先生的生日（我记得是腊月二十三）；一次是重阳节左右，赏菊。老舍先生的哥哥很会莳弄菊花。花很鲜艳；菜有北京特点（如芝麻酱炖黄花鱼、“盒子菜”）；酒“敞开供应”，既醉既饱，至今不忘。

我不赞成搞菊山菊海，让菊花都按部就班，排排坐，或挤成一堆，闹闹嚷嚷。菊花还是得一棵一棵地看，一朵一朵地看。更不赞成把菊花缚扎成龙、成狮子，这简直是糟蹋了菊花。

## 秋葵·鸡冠·凤仙·秋海棠

秋葵我在北京没有见过，想来是有的。秋葵是很好种的，在篱落、石缝间随便丢几个种子，即可开花。或不烦人种，也能自己开落。花瓣大、花浅黄，淡得近乎没有颜色，瓣有细脉，瓣内侧近花心处有紫色斑。秋葵风致楚楚，自甘寂寞。不知道为什么，秋葵让我想起女道士。秋葵亦名鸡脚葵，以其叶似鸡爪。

我在家乡县委招待所见一大丛鸡冠花，高过人头，花大如扫地笤帚，颜色深得吓人一跳。北京鸡冠花未见有如此之粗野者。

凤仙花可染指甲，故又名指甲花。凤仙花捣烂，少入矾，敷于指尖，即以凤仙叶裹之，隔一夜，指甲即红。凤仙花茎可长得很粗，湖南人或以入臭坛腌渍，以佐粥，味似臭苋菜杆。

秋海棠北京甚多，齐白石喜画之。齐白石所画，花梗颇长，这在我家那里叫作“灵芝海棠”。诸花多为五瓣，唯秋海棠为四瓣。北京有银星海棠，大叶甚坚厚，上撒银星，杆亦高壮，简直近似木本。我对这种孙二娘似的海棠不大感兴趣。我所不忘的秋海棠总是伶仃瘦弱的。我的生母得了肺病，怕“过人”——传染别人，独自卧病，在一座偏房里，我们都叫那间小屋为“小房”。她不让人去看她，我的保姆要抱我去让她看看，她也不同意。因此我对我的母亲毫无印象。她死后，这间“小房”成了堆放她的嫁妆的储藏室，成年锁着。我的继母偶尔打开，取一两件东西，我也跟了进去。“小房”外面有一个小天井，靠墙有一个秋叶形的小花坛，不知道是谁种了两三棵秋海棠，也没有人管它，它在秋天竟也开花。花色苍白，样子很可怜。不论在哪里，我每看到秋海棠，总要想起我的母亲。

## 黄栌、爬山虎

霜叶红于二月花。

西山红叶是黄栌，不是枫树。我觉得不妨种一点枫树，这样颜色更丰富些。日本枫娇红可爱，可以引进。

近年北京种了很多爬山虎，入秋，爬山虎叶转红。

沿街的爬山虎红了，北京的秋意浓了。

一九九六年中秋

载一九九六年十月二十八日《北京晚报》

# 07 草木虫鱼鸟兽

## 雁

“爬山调”：“大雁南飞头朝西……”

诗人韩燕如告诉我，他曾经用心观察过，确实是这样。他惊叹草原人民对生活的观察的准确而细致。他说：“生活！生活！……”

为什么大雁南飞要头朝着西呢？草原上的人说这是依恋故土。“爬山调”是用这样的意思做比喻和起兴的。

“大雁南飞头朝西……”

河北民歌：“八月十五雁门开，孤雁头上带霜来……”“孤雁头上带霜来”，这写得多美呀！

## 琥珀

我在祖母的首饰盒子里找到一个琥珀扇坠。一滴琥珀里有一只小黄蜂。琥珀是透明的，从外面可以清清楚楚地看到黄蜂。触须、翅膀、腿脚，清清楚楚，形态如生，好像它还活着。祖母说，黄蜂正在飞动，一滴松脂滴下来，恰巧把它裹住。松脂埋在地下好多年，就成了琥珀。祖母告诉我，这样的琥珀并非罕见，值不了多少钱。

后来我在一个宾馆的小卖部看到好些人造琥珀的首饰。各种形状的都有，都琢治得很规整，里面也都压着一个昆虫。有一个项链上的淡黄色的琥珀里竟压着一只蜻蜓。这些昆虫都很完整，不缺腿脚，不缺翅膀，但都是僵直的，缺少生气。显然这些昆虫是被弄死了以后，被精心地、端端正正地压在里面的。

我不喜欢这种里面压着昆虫的人造琥珀。

我的祖母的那个琥珀扇坠之所以美，是因为它是偶然形成的。

美，多少要包含一点偶然。

## 螃蟹

螃蟹的样子很怪。

《梦溪笔谈》载：关中人不识螃蟹。有人收得一只干蟹，人家病疟，就借去挂在门上。——中国过去相信生疟疾是由于疟鬼作祟。门上挂了一只螃蟹，疟鬼不知道这是什么玩意儿，就不敢进门了。沈括

说，不但人不识，鬼亦不识也。“不但人不识，鬼亦不识也”，这说得很幽默！

在拉萨八角街一家卖藏药的铺子里看到一只小螃蟹，蟹身只有拇指大，金红色的，已经干透了，放在一只盘子里。大概西藏人也相信这只奇形怪状的虫子有某种魔力，是能治病的。

螃蟹为什么要横着走呢？

螃蟹的样子很凶恶，很奇怪，也很滑稽。

凶恶和滑稽往往近似。

## 豆芽

朱小山去点豆子。地埂上都点了，还剩一把，他懒得带回去，就搬起一块石头，把剩下的豆子都塞到石头下面。过了些日子，朱小山发现：石头离开地面了。豆子发了芽，豆芽把石头顶起来了。朱小山非常惊奇。

朱小山为这件事惊奇了好多年。他跟好些人讲起过这件事。

有人问朱小山：“你老说这件事是什么意思？是要说明一种什么哲学吗？”

朱小山说：“不，我只是想说说我的惊奇。”

过了好些年，朱小山成了一个知名的学者，他回他的家乡去看看。他想找到那块石头。

他没有找到。

## 落叶

漠漠春阴柳未青，
冻云欲湿上元灯。
行过玉渊潭畔路，
去年残叶太分明。
汽车开过湖边，
带起一群落叶。
落叶追着汽车，
一直追得很远。
终于没有力气了，
又纷纷地停下了。
“你神气什么？
还嘚嘚地叫！”
“甭理它。
咱们讲故事。”
“秋天，
早晨的露水……”

## 啄木鸟

啄木鸟追逐着雌鸟，

红胸脯发出无声的喊叫，

它们一翅飞出树林，

落在湖边的柳梢。

不知从哪里钻出一个孩子，

一声大叫。

啄木鸟吃了一惊，

它身边已经没有雌鸟。

不一会儿树林里传出啄木的声音，

它已经忘记了刚才的烦恼。

载一九九八年第二期《大家》(有删节)

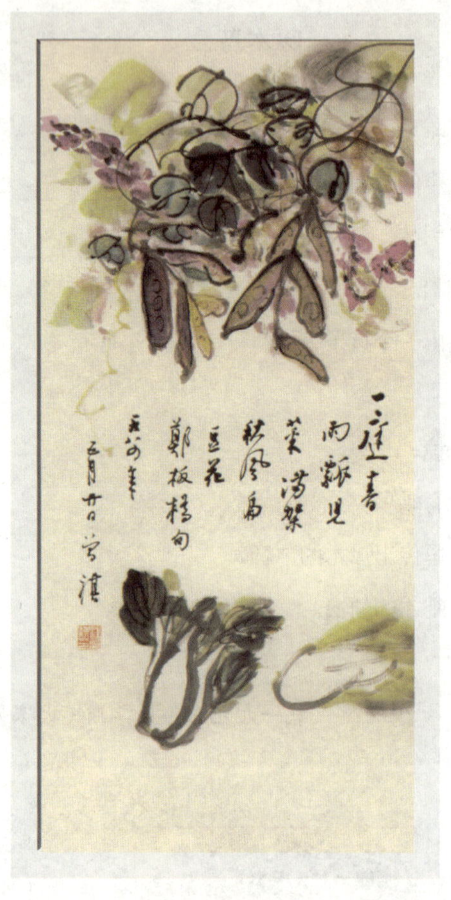


大概不知是谁把一个不中吃的芋头随手扔在煤堆，它竟然活了。没有土壤，更没有肥料，仅靠一点雨水，它，长出了几片碧绿肥厚的大叶子，在微风里高高兴兴地摇曳着……这几片绿叶使我欣慰，并且，并不夸张地说，使我获得一点生活的勇气。

——《生机》

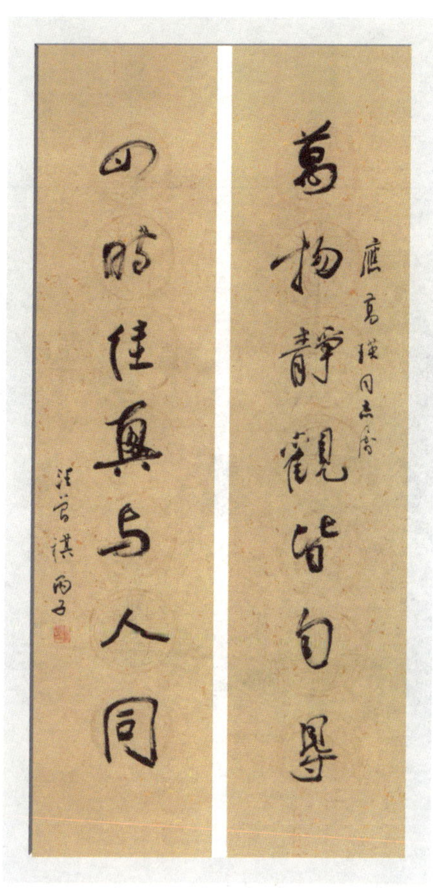


唯静，才能观照万物，对于人间生活充满盎然的兴致。

——《“无事此静坐”》

为什么大雁南飞要头朝着西呢？草原上的人说这是依恋故土。

——《草木虫鱼鸟兽》

杨升庵祠在桂湖，环湖植桂花，自山坡至水湄，层层叠叠，都是桂花。

——《桂花》

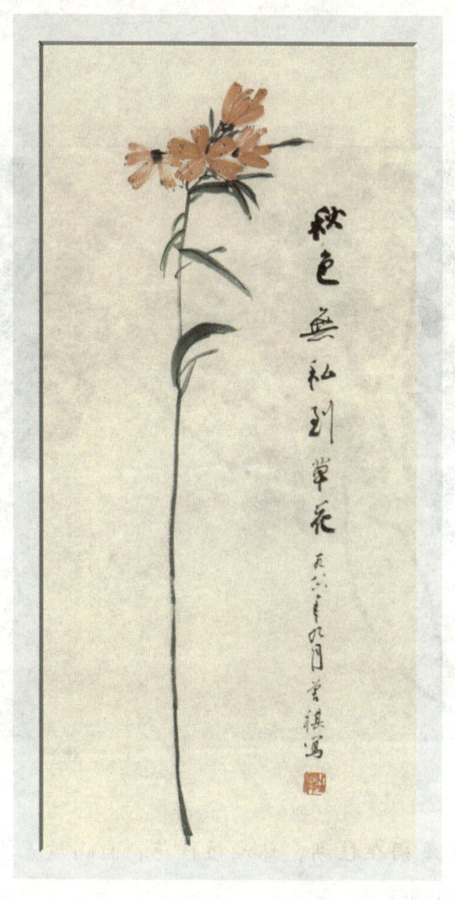


秋海棠北京甚多，齐白石喜画之。齐白石所画，花梗颇长，这在我家那里叫作“灵芝海棠”。

——《秋葵·鸡冠·凤仙·秋海棠》

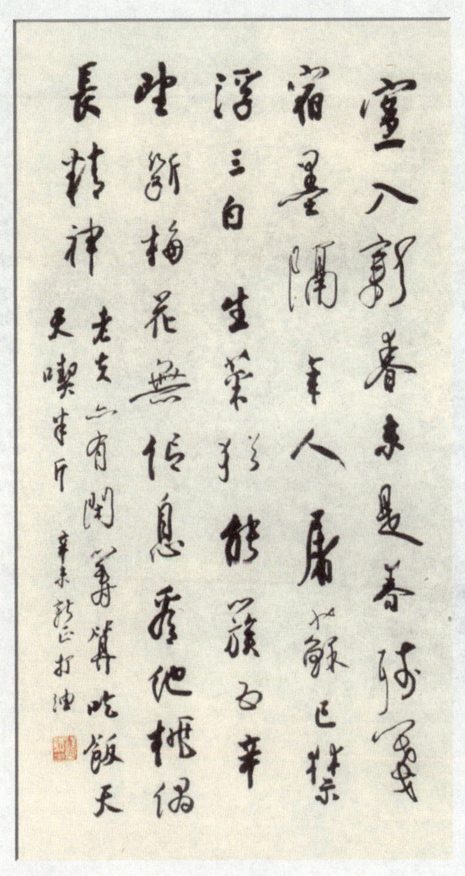

近事模糊远事真，双眸犹幸未全昏。衰年变法谈何易，唱罢莲花又一春。

——《却老》

大殿东侧，有一个小小的六角门，白门绿字，刻着一副对联：一花一世界，三藐三菩提。

——《受戒》

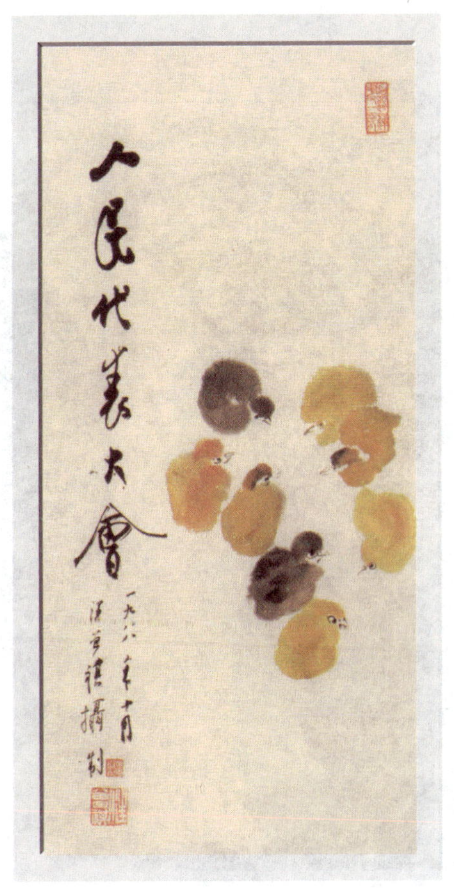


人多以为鸭子是很唠叨的动物，其实鸭子也有默处的时候。

——《鸡鸭名家》

南山暗蓝暗蓝的，没有一星灯火。南山很深，除了打柴的、采药的，不大有人进去。

——《双灯》

室雅何须大，花香不在多。

——《戴车匠》

## 08 录音压鸟

听到一种鸟声："光棍好苦。"奇怪！这一带都是楼房，怎么会飞来一只"光棍好苦"呢？鸟声使我想起南方的初夏、雨声、绿。"光棍好苦"也叫"割麦插禾""媳妇好苦"，这种鸟的学名是什么，我一直没有弄清楚，也许是"四声杜鹃"吧。接着又听见布谷鸟的声音："咕咕，咕咕。"唔？我明白了：这是谁家把这两种鸟的鸣声录了音，在屋里放着玩呢——季节也不对，九十月不是"光棍好苦"和布谷叫的时候。听听鸟叫录音，也不错，不像摇滚乐那样吵人。不过他一天要放好多遍。一天下楼，又听见，我问邻居："这是谁家老放'光棍好苦'？"

"八层！养了一只画眉，'压'他那只鸟哪！"

过了几天，八层的录音又添了一段，母鸡下蛋：咯咯咯咯、咯咯咯、咯咯咯咯嗒……

又过了几天，又续了一段：喵——呜，喵——呜。小猫。

我于是肯定，邻居的话不错。

培训画眉学习鸣声，北京叫作"压"鸟。"压"亦写作"押"。

北京人养画眉，讲究有"口"。有的画眉能有十三或十四套口，即能学十三四种叫声。比较一般的是苇咋子（一种小水鸟）、山喜鹊（蓝灰色）、大喜鹊，还有"伏天儿"（蝉之一种），鸣声如"伏天伏天"。我一天和女儿在玉渊潭堤上散步，听见一只画眉学猫叫，学得真像，我女儿不禁笑出声来："这不是自己吓唬自己吗？"听说有一只画眉能学"麻雀争风"：两只麻雀，本来挺好，叫得很亲热；来了个第三者，跟母麻雀调情，公麻雀生气了，和第三者打了起来；结果是第三者胜利了，公麻雀被打得落荒而逃，母麻雀和第三者要好了，在一处叫得很亲热。一只画眉学三只鸟叫，还叫出了情节，我真有点不相信。可是养鸟的行家都说这是真事。听行家们说，压鸟得让画眉听真鸟，学山喜鹊就让它听山喜鹊，学苇咋子就听真苇咋子；其次，就是向别的有“口”的画眉学。北京养画眉的每天集中在一起，谓之“会鸟”，目的之一就是让画眉互相学习。靠听录音，是压不出来的！玉渊潭有一年飞来了一只“光棍好苦”，一只布谷，有一位，每天拿着录音机，追踪这两只鸟。我问养鸟的行家：“他这是干什么?”——“想录下来，让画眉学——瞎白！”

北京养画眉的大概有不少人想让画眉学会“光棍好苦”和布谷。不过成功的希望很少。我还没听到一只画眉有这一套“口”的。那位不辞辛苦跟踪录音的“主儿”也是不得已。“光棍好苦”和布谷北京极少来，来了，叫两天就飞走了。让画眉跟真的“光棍好苦”和布谷学，“没门儿！”

我们楼八层的小伙子（我无端地觉得这个养画眉的是个年轻人，一个生手）录的这四套“学习资料”，大概是跟别人转录来的。他看来急于求成，一天不知放多少遍录音。一天到晚，老听他的“光棍好苦”“咕咕”“咯咯咯咯嗒”“喵——呜”，不免有点叫人厌烦。好在，我有点幸灾乐祸地想，这套录音大概听不了几天了，他这只画眉是只“生鸟”，“压”不出来的。

我不反对画眉学别的鸟或别的什么东西的声音（有的画眉能学旧日北京推水的独轮小车吱吱扭扭的声音；有一阵北京抓社会治安，

不少画眉学会了警车的尖厉的叫声，这种不上“谱”的叫声，谓之“脏口”，养画眉的会一把抓出来，把它摔死）。也许画眉天生就有学这些声音的习性。不过，我认为还是让画眉“自觉自愿”地学习，不要灌输，甚至强迫。我担心画眉忙着学这些声音，会把它自己本来的声音忘了。画眉本来的鸣声是很好听的。让画眉自由地唱它自己的歌吧！

# 09 草木春秋

## 木芙蓉

浙江永嘉多木芙蓉。市内一条街边有一棵，干粗如电线杆，高近二层楼，花多而大，他处少见。楠溪江边的村落，村外、路边的茶亭（永嘉多茶亭，供人休息、喝茶、聊天）檐下，到处可以看见芙蓉。芙蓉有一特别处，红白相间。初开白色，渐渐一边变红，终至整个的花都是桃红的。花期长，掩映于手掌大的浓绿的叶丛中，欣然有生意。

我曾向永嘉市[①]领导建议，以芙蓉为永嘉市花，市领导说永嘉已有市花，是茶花。后来听说温州选定茶花为温州市花，那么永嘉恐怕得让一让。永嘉让出茶花，永嘉市花当另选。那么，芙蓉被选中，还是有可能的。

永嘉为什么种那么多木芙蓉呢？问人，说是为了打草鞋。芙蓉的树皮很柔韧结实，剥下来撕成细条，打成草鞋，穿起来很舒服，且耐走长路，不易磨通。

现在穿树皮编的草鞋的人很少了，大家都穿塑料凉鞋、旅游鞋。但是到处都还在种木芙蓉，这是一种习惯。于是芙蓉就成了永嘉城乡一景。

## 南瓜子豆腐和皂角仁甜菜

在云南腾冲吃了一道很特别的菜。说豆腐脑不是豆腐脑，说鸡蛋羹

① 今为永嘉县。——编者注

不是鸡蛋羹。滑、嫩、鲜，色白而微微带点浅绿，入口清香。这是豆腐吗？是的，但是用鲜南瓜子去壳磨细“点”出来的。很好吃。中国人吃菜真能别出心裁，南瓜子做成豆腐，不知是什么朝代，哪一位美食家想出来的！

席间还有一道甜菜，冰糖皂角米。皂角，我的家乡颇多。一般都用来泡水，洗脸洗头，代替肥皂。皂角仁蒸熟，妇女绣花，把绒在皂仁上“光”一下，绒不散，且光滑，便于入针。没有吃它的。到了昆明，才知道这东西可以吃。昆明过去有专卖蒸菜的饭馆，蒸鸡、蒸排骨，都放小笼里蒸，小笼垫底的是皂角仁，蒸得晶莹透亮，嚼起来有韧劲，好吃。比用红薯、土豆衬底更有风味，但知道可以做甜菜，却是在腾冲。这东西很滑，进口略不停留，即入肠胃。我知道皂角仁的“物性”，警告大家不可多吃。一位老兄吃得口爽，弄了一饭碗，几口就喝了。未及终席，他就奔赴厕所，飞流直下起来。

皂角仁卖得很贵，比莲子、桂圆、西米都贵，只有卖干果、山珍的大食品店才有得卖，普通的副食店里是买不到的。

近几年时兴“皂角洗发膏”，皂角恢复了原来的功能，这也算是“以故为新”吧。

## 车前子

车前子的样子很有趣。叶贴地而长，近卵形，有长柄。在自由伸向四面的叶丛中央抽出细长的花梗，顶端有穗形花序，直立着。穗不多，少的只有一穗。画家常画之为点缀。程十发即喜画。动画片中好像少不了它。不知道为什么，这东西有一种童话情趣。

车前子可利小便，这是很多农民都知道的。

张家口的山西梆子剧团有一个唱“红”（老生）的演员，经常在几县的“堡”（张家口人称镇为“堡”）演唱，不受欢迎，农民给他起了个外号：“车前子”。怎么给他起了这么个外号呢？因为他一出台，农民观众即纷纷起身上厕所，这位“红”利小便。

这位唱“红”的唱得起劲，观众就大声喊叫：“快去，快，赶紧拿咸菜！”这又是怎么回事呢？吃白薯吃得太多了，烧心反胃，嚼一块咸菜就好了。这位演员的嗓音叫人听起来烧心。

农民有时是很幽默的。

搞艺术的人千万不能当“车前子”，不能叫人烧心反胃。

## 紫穗槐

我曾经到西山种树。在石多土少的山头用镢头刨坑。实际上是在石头上硬凿出一个一个的树坑来，再把凿碎的砂石填入，用九齿耙搂平。山上寸土寸金，树坑就山势而凿，大小形状不拘。这是个非常重的活。

一早，就上山，带两个干馒头、一块大腌萝卜。顿顿吃大腌萝卜，这不是个事。已经是秋天了，山上的酸枣熟了，我们摘酸枣吃。草里有蝈蝈，烧蝈蝈吃！蝈蝈得是三尾的，腹大，多子。一会儿就能捉半土筐。点一把火，把蝈蝈往火里一倒，哔哔剥剥，熟了。咬一口大腌萝卜，嚼半个烧蝈蝈，就馒头，香啊。人不管走到哪一步，总得找点乐子，想一点办法，老是愁眉苦脸的，干吗呢！

我们刨了坑，放着，当时不种，得到明年开了春，再种。据说要种的是紫穗槐。

紫穗槐我认识，枝叶近似槐树，抽条甚长，初夏开紫花，花似紫藤而颜色较紫藤深，花穗较小，瓣亦稍小。风摇紫穗，姗姗可爱。

紫穗槐的枝叶皆可为饲料，牲口爱吃，上膘。条可编筐。

刨了约二十多天树坑，我就告别西山八大处回原单位等候处理，从此再也没有上过山。不知道我们刨的那些坑里种上紫穗槐了没有。再见，紫穗槐！再见，大腌萝卜！再见，蝈蝈！

## 阿格头子灰背青

敕勒川，

阴山下。

天似穹庐，

笼盖四野。

天苍苍，

野茫茫，

风吹草低见牛羊。

北齐斛律金这首用鲜卑语唱的歌公认是北朝乐府的杰作，写草原诗的压卷之作，苍茫雄浑，前无古人，后无来者。一千多年以来，不知道有多少“南人”，都从“风吹草低见牛羊”一句诗里感受到草原景色，向往不已。

但是这句诗有夸张成分，是想象之词。真到草原去，是看不到这样的景色的。我曾四下内蒙古，到过呼伦贝尔草原、达茂旗的草原、伊克昭盟[①]的草原，还到过新疆的唐巴拉牧场，都不曾见过“风吹草低见牛羊”。张家口坝上沽源的草原的草，倒是比较高，但也藏不住牛羊。论好看，要数沽源的草原好看。草很整齐，叶细长，好像梳过一样，风吹过，起伏摇摆如碧浪。这种草是什么草？问之当地人，说是“碱草”，我怀疑这可能是“草菅人命”的“菅”。“碱草”的营养价值不是很高。

营养价值高的牧草有阿格头子、灰背青。

陪同我们的老曹唱他的爬山调：

阿格头子灰背青，

四十五天到新城。

他说灰背青叶子青绿而背面是灰色的。“阿格头子”是蒙古话。他拔起两把草叫我们看，且问一个牧民：“这是阿格头子吗？”

“阿格！阿格！”

这两种草都不高，也就三四寸，几乎是贴地而长。叶片肥厚而多汁。

“阿格头子灰背青，四十五天到新城。”老曹年轻时拉过骆驼，从呼和浩特驮货到新疆新城，一趟得走四十五天。那么来回就得三个月。在多见牛羊少见人的大草原上拉着骆驼一步一步地走，这滋味真难以想象。

老曹是个有趣的人。他的生活知识非常丰富，大青山的药材、草原

① 今内蒙古自治区鄂尔多斯市。——编者注

上的草，他没有不认识的。他知道很多故事，很会说故事。单是狼，他就能说一整天。都是实在经验过的，并非道听途说。狼怎样逗小羊玩，小羊高了兴，跳起来，过了圈羊的篱笆，狼一口就把小羊叼走了；狼会出痘，老狼把出痘子的小狼用沙埋起来，只露出几个小脑袋；有一个小号兵掏了三只小狼羔子，带着走，母狼每晚上跟着部队，哭，后来怕暴露部队目标，队长说服小号兵把小狼放了……老曹好说，能吃，善饮，喜交游。他在大青山打过游击，山里的堡垒户都跟他很熟，我们的吉普车上下山，他常在路口叫司机停一下，找熟人聊两句，帮他们买拖拉机，解决孩子入学……我们后来拜访了布赫同志，提起老曹，布赫同志说："他是个红火人。""红火人"这样的说法，我在别处没有听见过，但是用之于老曹身上，很合适。

老曹后来在呼市负责林业工作。他曾到大兴安岭调查，购买树种，吃过犴鼻子（他说犴鼻子黏性极大，吃下一块，上下牙粘在一起，得使劲张嘴，才能张开。他做了一个当时使劲张嘴的样子，很滑稽）、飞龙。他负责林业时主要的业绩是在大青山山脚至市中心的大路两侧种了杨树，长得很整齐健旺。但是他最喜爱的是紫穗槐，是个紫穗槐迷，到处宣传紫穗槐的好处。

## 花和金鱼

从东珠市口经三里河、河舶厂，过马路一直往东，是一条横街。这是北京的一条老街了。也说不上有什么特点，只是有那么一种老北京的味儿。有些店铺是别的街上没有的。有一个每天卖豆汁儿的摊子，卖焦圈儿、马蹄烧饼，水疙瘩丝切得细得像头发。这一带的居民好像特别爱喝豆汁儿，每天晌午，有一个人推车来卖，车上搁一个可容一担水的木桶，木桶里有多半桶豆汁儿。也不吆喝，到时候就来了，老太太们准备好了坛坛罐罐等着。马路东有一家卖鞭哨、皮条、纲绳等等骡车马车上用的各种配件。北京现在大车少了，来买的多是河北人。看了店堂里挂着的挺老长的白色的皮条、两股坚挺的竹子拧成的鞭哨，叫人有点说不出来的感动。有一家铺子在一个高台阶上，门外有一块小匾，写着“惜阴斋”。这是卖什么的呢？我特意上了台阶走进去看了看：是专卖老式木壳自鸣钟、怀表的，兼营擦洗钟表油泥，修配发条、油丝。“惜阴”用之于钟表店，挺有意思，不知是哪位一方名士给写的匾。有一个茶叶店，也有一块匾：“今雨茶庄”（好几个人问过我这是什么意思）。其实这是一家夫妻店，什么“茶庄”！

两口子，有五十好几了，经营了这么个“茶庄”。他们每天的生活极其清简。大妈早起擞炉子、生火、坐水、出去买菜。老爷子扫地，擦拭柜台，端正盆花金鱼。老两口都爱养花、养鱼。鱼是龙睛，两条大红的，两条蓝的（他们不爱什么红帽子、绒球……）。鱼缸不大，飘着笮草。花四季更换。夏天，茉莉、珠兰（熟人来买茶叶，掌柜的会摘几朵鲜茉莉花或一小串珠兰和茶叶包在一起）；秋天，九花（老北京人管菊花叫“九花”）；冬天，水仙、天竺果。我买茶叶都到“今雨茶庄”买，近。我住河舶厂，出胡同口就是。我每次买茶叶，总爱跟掌柜的聊聊，看看他的花。花并不名贵，但养得很有精神。他说：“我不瞧戏，不看电影，就是这点爱好。”

## 10 槐花

玉渊潭洋槐花盛开，像下了一场大雪，白得耀眼。来了放蜂的人。蜂箱都放好了，他的“家”也安顿了。一个刷了涂料的很厚的黑色的帆布篷子。里面打了两道土堰，上面架起几块木板，是床。床上一卷铺盖。地上排着油瓶、酱油瓶、醋瓶。一个白铁桶里已经有多半桶蜜。外面一个蜂窝煤炉子上坐着锅。一个女人在案板上切青蒜。锅开了，她往锅里下了一把干切面。不大会儿，面熟了，她把面捞在碗里，加了作料、撒上青蒜，在一个碗里舀了半勺豆瓣。一人一碗。她吃的是加了豆瓣的。

蜜蜂忙着采蜜，进进出出，飞满一天。

我跟养蜂人买过两次蜜，绕玉渊潭散步回来，经过他的棚子，大都要在他门前的树墩上坐一坐，抽一支烟，看他收蜜，刮蜡，跟他聊两句，彼此都熟了。

这是一个五十岁上下的中年人，高高瘦瘦的，身体像是不太好，他做事总是那么从容不迫，慢条斯理的。样子不像个农民，倒有点像一个农村小学校长。听口音，是石家庄一带的。他到过很多省，哪里有鲜花，就到哪里去。菜花开的地方，玫瑰花开的地方，苹果花开的地方，枣花开的地方。每年都到南方去过冬，广西，贵州。到了春暖，再往北翻。我问他是不是枣花蜜最好，他说是荆条花的蜜最好。这很出乎我的意料。荆条是个不起眼的东西，而且我从来没有见过荆条开花，想不到荆条花蜜却是最好的蜜。我想他每年收入应当不错。他说比一般农民

要好一些，但是也落不下多少：蜂具，路费；而且每年要赔几十斤白糖——蜜蜂冬天不采蜜，得喂它糖。

女人显然是他的老婆。不过他们岁数相差太大了。他五十了，女人也就是三十出头。而且，她是四川人，说四川话。我问他：你们是怎么认识的？他说：她是新繁县人。那年他到新繁放蜂，认识了。她说北方的大米好吃，就跟来了。

有那么简单？也许她看中了他的脾气好，喜欢这样安静平和的性格？也许她觉得这种放蜂生活，东南西北到处跑，好耍？这是一种农村式的浪漫主义。四川女孩子做事往往很洒脱，想咋个就咋个，不像北方女孩子有那么多考虑。他们结婚已经几年了。丈夫对她好，她对丈夫也很体贴。她觉得她的选择没有错，很满意，不后悔。我问养蜂人：她回去过没有？他说：回去过一次，一个人。他让她带了两千块钱，她买了好些礼物送人，风风光光地回了一趟新繁。

一天，我没有看见女人，问养蜂人，她到哪里去了。养蜂人说：到我那大儿子家去了，去接我那大儿子的孩子。他有个大儿子，在北京工作，在汽车修配厂当工人。

她抱回来一个四岁多的男孩，带着他在棚子里住了几天。她带他到甘家口商场买衣服，买鞋，买饼干，买冰糖葫芦。男孩子在床上玩鸡啄米，她靠着被窝用钩针给他钩一顶大红的毛线帽子。她很爱这个孩子。这种爱是完全非功利的，既不是讨丈夫的欢心，也不是为了和丈夫的儿子一家搞好关系。这是一颗很善良，很美的心。孩子叫她奶奶，奶奶笑了。

过了几天，她把孩子又送了回去。

过了两天，我去玉渊潭散步，养蜂人的棚子拆了，蜂箱集中在一起。等我散步回来，养蜂人的大儿子开来一辆卡车，把棚柱、木板、煤炉、锅碗和蜂箱装好，养蜂人两口子坐上车，卡车开走了。

玉渊潭的槐花落了。

# 辑三 邂逅

# 01 受戒

明海出家已经四年了。

他是十三岁来的。

这个地方的地名有点怪，叫庵赵庄。赵，是因为庄上大都姓赵。叫作庄，可是人家住得很分散，这里两三家，那里两三家。一出门，远远可以看到，走起来得走一会儿，因为没有大路，都是弯弯曲曲的田埂。庵，是因为有一个庵。庵叫菩提庵，可是大家叫讹了，叫成荸荠庵。连庵里的和尚也这样叫。“宝刹何处?”——“荸荠庵。”庵本来是住尼姑的。“和尚庙”“尼姑庵”嘛。可是荸荠庵住的是和尚。也许因为荸荠庵不大，大者为庙，小者为庵。

明海在家叫小明子。他是从小就确定要出家的。他的家乡不叫“出家”，叫“当和尚”。他的家乡出和尚。就像有的地方出劁猪的，有的地方出织席子的，有的地方出箍桶的，有的地方出弹棉花的，有的地方出画匠，他的家乡出和尚。人家弟兄多，就派一个出去当和尚。当和尚也要通过关系，也有帮。这地方的和尚有的走得很远。有到杭州灵隐寺的、上海静安寺的、镇江金山寺的、扬州天宁寺的。一般的就在本县的寺庙。明海家田少，老大、老二、老三，就足够种的了。他是老四。他七岁那年，他当和尚的舅舅回家，他爹、他娘就和舅舅商议，决定叫他当和尚。他当时在旁边，觉得这实在是在情在理，没有理由反对。当和尚有很多好处。一是可以吃现成饭。哪个庙里都是管饭的。二是可以攒钱。只要学会了放瑜伽焰口，拜梁皇忏，可以按例分到辛苦钱。积攒起来，将来还俗娶亲也可以；不想还俗，买几亩田也可以。当和尚也不容易，一要面如朗月，二要声如钟磬，三要聪明，记性好。他舅舅给他相了相面，叫他前走几步，后走几步，又叫他喊了一声赶牛打场的号子：“格当嘚——”，说是“明子准能当个好和尚，我包了！”要当和尚，得下点本——念几年书。哪有不认字的和尚呢！于是明子就开蒙入学，读了《三字经》《百家姓》《四言杂字》《幼学琼林》《上论》《下论》《上孟》《下孟》，每天还写一张仿。村里都夸他字写得好，很黑。

舅舅按照约定的日期又回了家，带了一件他自己穿的和尚领的短衫，叫明子娘改小一点，给明子穿上。明子穿了这件和尚短衫，下身还是在家穿的紫花裤子，赤脚穿了一双新布鞋，跟他爹、他娘磕了一个头，就随舅舅走了。

他上学时起了个学名，叫明海。舅舅说，不用改了。于是“明海”就从学名变成了法名。

过了一个湖。好大一个湖！穿过一个县城。县城真热闹：官盐店，税务局，肉铺里挂着成爿的猪肉，一个驴子在磨芝麻，满街都是小磨香油的香味，布店，卖茉莉粉、梳头油的什么斋，卖绒花的，卖丝线的，打把式卖膏药的，吹糖人的，耍蛇的……他什么都想看看。舅舅一劲地推他：“快走！快走！”

到了一个河边，有一只船在等着他们。船上有一个五十来岁的瘦长瘦长的大伯，船头蹲着一个跟明子差不多大的女孩子，在剥一个莲蓬吃。明子和舅舅坐到舱里，船就开了。

明子听见有人跟他说话，是那个女孩子。

“是你要到荸荠庵当和尚吗？”

明子点点头。

“当和尚要烧戒疤啾！你不怕？”

明子不知道怎么回答，就含含糊糊地摇了摇头。

“你叫什么？”

“明海。”

“在家的时候？”

“叫明子。”

“明子！我叫小英子！我们是邻居。我家挨着荸荠庵。——给你！”

小英子把吃剩的半个莲蓬扔给明海，小明子就剥开莲蓬壳，一颗一颗吃起来。

大伯一桨一桨地划着，只听见船桨拨水的声音：“哗——许！哗——许！”

……

荸荠庵的地势很好，在一片高地上。这一带就数这片地势高，当初建庵的人很会选地方。门前是一条河。门外是一片很大的打谷场。三面都是高大的柳树。山门里是一个穿堂。迎门供着弥勒佛。不知是哪一位名士撰写了一副对联：

大肚能容容天下难容之事

开颜一笑笑世间可笑之人

弥勒佛背后，是韦驮。过穿堂，是一个不小的天井，种着两棵白果树。天井两边各有三间厢房。走过天井，便是大殿，供着三世佛。佛像连龛才四尺来高。大殿东边是方丈，西边是库房。大殿东侧，有一个小小的六角门，白门绿字，刻着一副对联：

一花一世界

三藐三菩提

进门有一个狭长的天井，几块假山石，几盆花，有三间小房。

小和尚的日子清闲得很。一早起来，开山门，扫地。庵里的地铺的都是箩底方砖，好扫得很，给弥勒佛、韦驮烧一炷香，正殿的三世佛面前也烧一炷香，磕三个头，念三声“南无阿弥陀佛”，敲三声磬。这庵里的和尚不兴做什么早课、晚课，明子这三声磬就全都代替了。然后，挑水，喂猪。然后，等当家和尚即明子的舅舅起来，教他念经。

教念经也跟教书一样，师父面前一本经，徒弟面前一本经，师父唱一句，徒弟跟着唱一句。是唱哎。舅舅一边唱，一边还用手在桌上拍板。一板一眼，拍得很响，就跟教唱戏一样。是跟教唱戏一样，完全一样哎。连用的名词都一样。舅舅说，念经：一要板眼准，二要合工尺。说：当一个好和尚，得有条好嗓子。说：民国二十年闹大水，运河倒了堤，最后在清水潭合龙，因为大水淹死的人很多，放了一台大焰口，十三大师——十三个正座和尚，各大庙的方丈都来了，下面的和尚上百。谁当这个首座？推来推去，还是石桥——善因寺的方丈！他往上一坐，就跟地藏王菩萨一样，这就不用说了；那一声“开香赞”，围看的上千人立时鸦雀无声。说：嗓子要练，夏练三伏，冬练三九，要练丹田气！说：要吃得苦中苦，方为人上人！说：和尚里也有状元、榜眼、探花！要用心，不要贪玩！舅舅这一番大法要说得明海和尚实在是五体投地，于是就一板一眼地跟着舅舅唱起来：

“炉香乍爇——”

“炉香乍爇——”

“法界蒙薰——”

“法界蒙薰——”

“诸佛现金身……”

“诸佛现金身……”

……

等明海学完了早经——他晚上临睡前还要学一段，叫作晚经——荸荠庵的师父们就都陆续起床了。

这庵里人口简单，一共六个人。连明海在内，五个和尚。

有一个老和尚，六十几了，是舅舅的师叔，法名普照，但是知道的人很少，因为很少人叫他法名，都称之为老和尚或老师父，明海叫他师爷爷。这是个很枯寂的人，一天关在房里，就是那“一花一世界”里。也看不见他念佛，只是那么一声不响地坐着。他是吃斋的，过年时除外。

下面就是师兄弟三个，仁字排行：仁山、仁海、仁渡。庵里庵外，有的称他们为大师父、二师父；有的称之为山师父、海师父。只有仁渡，没有叫他“渡师父”的，因为听起来不像话，大都直呼之为仁渡。他也只配如此，因为他还年轻，才二十多岁。

仁山，即明子的舅舅，是当家的。不叫“方丈”，也不叫“住持”，却叫“当家的”，是很有道理的，因为他确确实实干的是当家的职务。他屋里摆的是一张账桌，桌子上放的是账簿和算盘。账簿共有三本。一本是经账，一本是租账，一本是债账。和尚要做法事，做法事要收钱——要不，当和尚干什么？常做的法事是放焰口。正规的焰口是十个人。一个正座，一个敲鼓的，两边一边四个。人少了，八个，一边三个，也凑合了。荸荠庵只有四个和尚，要放整焰口就得和别的庙里合伙。这样的时候也有过。通常只是放半台焰口。一个正座，一个敲鼓，另外一边一个。一来找别的庙里合伙费事；二来这一带放得起整焰口的人家也不多。有的时候，谁家死了人，就只请两个，甚至一个和尚咕噜咕噜念一通经，敲打几声法器就算完事。很多人家的经钱不是当时就给，往往要等秋后才还。这就得记账。另外，和尚放焰口的辛苦钱不是一样的。就像唱戏一样，有份子。正座第一份。因为他要领唱，而且还要独唱。当中有一大段“叹骷髅”，别的和尚都放下法器休息，只有首座一个人有板有眼地曼声吟唱。第二份是敲鼓的。你以为这容易呀？哼，单是一开头的“发擂”，手上没功夫就敲不出迟疾顿挫！其余的，就一样了。这也得记上：某月某日，谁家焰口半台，谁正座，谁敲鼓……省得到年底结账时赌咒骂娘。……这庵里有几十亩庙产，租给人种，到时候要收租。庵里还放债。租、债一向倒很少亏欠，因为租佃借钱的人怕菩萨不高兴。这三本账就够仁山忙的了。另外香烛、灯火、油盐“福食”，这也得随时记记账呀。除了账簿之外，山师父的方丈的墙上还挂着一块水牌，上漆四个红字：“勤笔免思”。

仁山所说当一个好和尚的三个条件，他自己其实一条也不具备。他的相貌只要用两个字就说清楚了：黄，胖。声音也不像钟磬，倒像母猪。聪明吗？难说，打牌老输。他在庵里从不穿袈裟，连海青直裰也免了。经常是披着件短僧衣，袒露着一个黄色的肚子。下面是光脚趿拉着一对僧鞋——新鞋他也是趿拉着。他一天就是这样不衫不履地这里走走，那里走走，发出母猪一样的声音："哞——哞——"。

二师父仁海。他是有老婆的。他老婆每年夏秋之间来住几个月，因为庵里凉快。庵里有六个人，其中之一，就是这位和尚的家眷。仁山、仁渡叫她嫂子，明海叫她师娘。这两口子都很爱干净，整天地洗涮。傍晚的时候，坐在天井里乘凉。白天，闷在屋里不出来。

三师父是个很聪明精干的人。有时一笔账大师兄扒了半天算盘也算不清，他眼珠子转两转，早算得一清二楚。他打牌赢的时候多，二三十张牌落地，上下家手里有些什么牌，他就差不多都知道了。他打牌时，总有人爱在他后面看歪头和。谁家约他打牌，就说"想送两个钱给你"。他不但经忏俱通（小庙的和尚能够拜忏的不多），而且身怀绝技，会"飞铙"。七月间有些地方做盂兰会，在旷地上放大焰口，几十个和尚，穿绣花袈裟，飞铙。飞铙就是把十多斤重的大铙钹飞起来。到了一定的时候，全部法器皆停，只几十副大铙紧张急促地敲起来。忽然起手，大铙向半空中飞去，一面飞，一面旋转。然后，又落下来，接住。接住不是平平常常地接住，有各种架势，"犀牛望月""苏秦背剑"……这哪是念经，这是耍杂技。也许是地藏王菩萨爱看这个，但真正因此快乐起来的是人，尤其是妇女和孩子。这是年轻漂亮的和尚出风头的机会。一场大焰口过后，也像一个好戏班子过后一样，会有一个两个大姑娘小媳妇失踪——跟和尚跑了。他还会放"花焰口"。有的人家，亲戚中多风流子弟，在不是很哀伤的佛事——如做冥寿时，就会提出放花焰口。所谓“花焰口”就是在正焰口之后，叫和尚唱小调，拉丝弦，吹管笛，敲鼓板，而且可以点唱。仁渡一个人可以唱一夜不重头。仁渡前几年一直在外面，近二年才常住在庵里。据说他有相好的，而且不止一个。他平常可是很规矩，看到姑娘媳妇总是老老实实的，连一句玩笑话都不说，一句小调山歌都不唱。有一回，在打谷场上乘凉的时候，一伙人把他围起来，非叫他唱两个不可。他却情不过，说：“好，唱一个。不唱家乡的。家乡的你们都熟，唱个安徽的。”

姐和小郎打大麦，
一转子讲得听不得。
听不得就听不得，
打完了大麦打小麦。

唱完了，大家还嫌不够，他就又唱了一个：

姐儿生得漂漂的，
两个奶子翘翘的。
有心上去摸一把，
心里有点跳跳的。
……

这个庵里无所谓清规，连这两个字也没人提起。

仁山吃水烟，连出门做法事也带着他的水烟袋。

他们经常打牌。这是个打牌的好地方。把大殿上吃饭的方桌往门口一搭，斜放着，就是牌桌。桌子一放好，仁山就从他的方丈里把筹码拿出来，哗啦一声倒在桌上。斗纸牌的时候多，搓麻将的时候少。牌客除了师兄弟三人，常来的是一个收鸭毛的、一个打兔子兼偷鸡的，都是正经人。收鸭毛的担一副竹筐，串乡串镇，拉长了沙哑的声音喊叫："鸭毛卖钱——"

偷鸡的有一件家什——铜蜻蜓。看准了一只老母鸡，把铜蜻蜓一丢，鸡婆子上去就是一口。这一啄，铜蜻蜓的硬簧绷开，鸡嘴撑住了，叫不出来了。正在这鸡十分纳闷的时候，上去一把薅住。

明子曾经跟这位正经人要过铜蜻蜓看看。他拿到小英子家门前试了一试，果然！小英子的娘知道了，骂明子："要死了！儿子！你怎么到我家来玩铜蜻蜓了！"

小英子跑过来："给我！给我！"

她也试了试，真灵，一个黑母鸡一下子就把嘴撑住，傻了眼了！

下雨阴天，这二位就光临荸荠庵，消磨一天。

有时没有外客，就把老师叔也拉出来，打牌的结局，大都是当家和尚气得鼓鼓的："×妈妈的！又输了！下回不来了！"

他们吃肉不瞒人。年下也杀猪。杀猪就在大殿上。一切都和在家里一样，开水、木桶、尖刀。捆猪的时候，猪也是没命地叫。跟在家里不同的，是多一道仪式，要给即将升天的猪念一道"往生咒"，并且总是老师叔念，神情很庄重："……一切胎生、卵生、息生，来从虚空来，还归虚空去，往生再世，皆当欢喜。南无阿弥陀佛！"

三师父仁渡一刀子下去，鲜红的猪血就带着很多沫子喷出来。

……

明子老往小英子家里跑。

小英子的家像一个小岛，三面都是河，西面有一条小路通到荸荠庵。独门独户，岛上只有这一家。岛上有六棵大桑树，夏天都结大桑葚，三棵结白的，三棵结紫的；一个菜园子，瓜豆蔬菜，四时不缺。院墙下半截是砖砌的，上半截是泥夯的。大门是桐油油过的，贴着一副万年红的春联：

向阳门第春常在

积善人家庆有余

门里是一个很宽的院子。院子里一边是牛屋、碓棚，一边是猪圈、鸡窠，还有个关鸭子的栅栏。露天地放着一具石磨。正北面是住房，也是砖基土筑，上面盖的一半是瓦，一半是草。房子翻修了才三年，木料还露着白茬。正中是堂屋，家神菩萨的画像上贴的金还没有发黑。两边是卧房。隔扇窗上各嵌了一块一尺见方的玻璃，明亮亮的——这在乡下是不多见的。房檐下一边种着一棵石榴树，一边种着一棵栀子花，都齐房檐高了。夏天开了花，一红一白，好看得很。栀子花香得冲鼻子。顺风的时候，在荸荠庵都闻得见。

这家人口不多，他家当然是姓赵。一共四口人：赵大伯、赵大妈，两个女儿，大英子、小英子。老两口没得儿子。因为这些年人不得病，牛不生灾，也没有大旱大水闹蝗虫，日子过得很兴旺。他们家自己有田，本来够吃的了，又租种了庵上的十亩田。自己的田里，一亩种了荸荠——这一半是小英子的主意，她爱吃荸荠，一亩种了慈姑。家里喂了一大群鸡鸭，单是鸡蛋鸭毛就够一年的油盐了。赵大伯是个能干人。他是一个“全把式”，不但田里场上样样精通，还会罾鱼、洗磨、凿砻、修水车、修船、砌墙、烧砖、箍桶、劈篾、绞麻绳。他不咳嗽，不腰疼，结结实实，像一棵榆树。人很和气，一天不声不响。赵大伯是一棵摇钱树，赵大娘就是个聚宝盆。大娘精神得出奇。五十岁了，两个眼睛还是清亮亮的。不论什么时候，头都是梳得滑溜溜的，身上衣服都是格挣挣的。像老头子一样，她一天不闲着。煮猪食，喂猪，腌咸菜——她腌的咸萝卜干非常好吃，舂粉子，磨小豆腐，编蓑衣，织芦席。她还会剪花样子。这里嫁闺女，陪嫁妆，瓷坛子、锡罐子，都要用梅红纸剪出吉祥花样，贴在上面，讨个吉利，也才好看：“丹凤朝阳”呀，“白头到老”呀，“子孙万代”呀，“福寿绵长”呀。二三十里的人家都来请她：“大娘，好日子是十六，你哪天去呀？”——“十五，我一大清早就来！”

“一定呀！”——“一定！一定！”

两个女儿，长得跟她娘像一个模子里托出来的。眼睛长得尤其像，白眼珠鸭蛋青，黑眼珠棋子黑，定神时如清水，闪动时像星星。浑身上下，头是头，脚是脚。头发滑溜溜的，衣服格挣挣的。——这里的风俗，十五六岁的姑娘就都梳上头了。这两个丫头，这一头的好头发！通红的发根，雪白的簪子！娘女三个去赶集，一集的人都朝她们望。

姐妹俩长得很像，性格不同。大姑娘很文静，话很少，像父亲。小英子比她娘还会说，一天咭咭呱呱地不停。大姐说：“你一天到晚咭咭呱呱——”

“像个喜鹊！”

“你自己说的！——吵得人心乱！”

“心乱？”

“心乱！”

“你心乱怪我呀！”

二姑娘话里有话。大英子已经有了人家。小人她偷偷地看过，人很敦厚，也不难看，家道也殷实，她满意。已经下过小定，日子还没有定下来。她这二年，很少出房门，整天赶她的嫁妆。大裁大剪，她都会。挑花绣花，不如娘。她可又嫌娘出的样子太老了。她到城里看过新娘子，说人家现在绣的都是活花活草。这可把娘难住了。最后是“喜鹊”忽然一拍屁股：“我给你保举一个人！”

这人是谁？是明子。明子念《上孟》《下孟》的时候，不知怎么得了半套《芥子园》，他喜欢得很。到了荸荠庵，他还常翻出来看，有时还把旧账簿子翻过来，照着描。小英子说：“他会画！画得跟活的一样！”

小英子把明海请到家里来，给他磨墨铺纸，小和尚画了几张，大英子喜欢得了不得：“就是这样！就是这样！这就可以乱孱！”——所谓“乱孱”是绣花的一种针法：绣了第一层，第二层的针脚插进第一层的针缝，这样颜色就可由深到淡，不露痕迹，不像娘那一代绣的花是平针，深浅之间，界限分明，一道一道的。小英子就像个书童，又像个参谋：

“画一朵石榴花！”

“画一朵栀子花！”

她把花掐来，明海就照着画。

到后来，凤仙花、石竹子、水蓼、淡竹叶，天竺果子、蜡梅花，他都能画。

大娘看着也喜欢，搂住明海的和尚头："你真聪明！你给我当一个干儿子吧！"

小英子捺住他的肩膀，说："快叫！快叫！"

小明子跪在地下磕了一个头，从此就叫小英子的娘做干娘。

大英子绣的三双鞋，三十里方圆都传遍了。很多姑娘都走路坐船来看。看完了，就说："啧啧啧，真好看！这哪是绣的，这是一朵鲜花！"她们就拿了纸来央大娘求了小和尚来画。有求画帐檐的，有求画门帘飘带的，有求画鞋头花的。每回明子来画花，小英子就给他做点好吃的，煮两个鸡蛋，蒸一碗芋头，煎几个藕团子。

因为照顾姐姐赶嫁妆，田里的零碎生活小英子就全包了。她的帮手，是明子。

这地方的忙活是栽秧、车高田水、薅头遍草，再就是割稻子、打场了。这几茬重活，自己一家是忙不过来的。这地方兴换工。排好了日期，几家顾一家，轮流转。不收工钱，但是吃好的。一天吃六顿，两头见肉，顿顿有酒。干活时，敲着锣鼓，唱着歌，热闹得很。其余的时候，各顾各，不显得紧张。

薅三遍草的时候，秧已经很高了，低下头看不见人。一听见非常脆亮的嗓子在一片浓绿里唱：

栀子哎开花哎六瓣头哎……

姐家哎门前哎一道桥哎……

明海就知道小英子在哪里，三步两步就赶到，赶到就低头薅起草来，傍晚牵牛“打汪”，是明子的事。——水牛怕蚊子。这里的习惯，牛卸了轭，饮了水，就牵到一口和好泥水的“汪”里，由它自己打滚扑腾，弄得全身都是泥浆，这样蚊子就咬不透了。低田上水，只要一挂十四轧的水车，两个人车半天就够了。明子和小英子就伏在车杠上，不紧不慢地踩着车轴上的拐子，轻轻地唱着明海向三师父学来的各处山歌。打场的时候，明子能替赵大伯一会儿，让他回家吃饭。——赵家自己没有场，每年都在荸荠庵外面的场上打谷子。他一扬鞭子，喊起了打场号子：“格当嘚——”

这打场号子有音无字，可是九转十三弯，比什么山歌号子都好听。赵大娘在家，听见明子的号子，就侧起耳朵：“这孩子这条嗓子！”

连大英子也停下针线：“真好听！”

小英子非常骄傲地说：“一十三省数第一！”

晚上，他们一起看场。——荸荠庵收来的租稻也晒在场上。他们并肩坐在一个石磙子上，听青蛙打鼓，听寒蛇唱歌——这个地方以为蝼蛄叫是蚯蚓叫，而且叫蚯蚓叫“寒蛇”，听纺纱婆子不停地纺纱，“吵——”，看萤火虫飞来飞去，看天上的流星。

“呀！我忘了在裤带上打一个结！”小英子说。

这里的人相信，在流星掉下来的时候在裤带上打一个结，心里想什么好事，就能如愿。

……

“[illegible]”荸荠，这是小英子最爱干的生活。秋天过去了，地净场光，荸荠的叶子枯了——荸荠的笔直的小葱一样的圆叶子里是一格一格的，用手一捋，哔哔地响，小英子最爱捋着玩——荸荠藏在烂泥里。赤了脚，在凉浸浸、滑溜溜的泥里踩着——哎，一个硬疙瘩！伸手下去，一个红紫红紫的荸荠。她自己爱干这生活，还拉了明子一起去。她老是故意用自己的光脚去踩明子的脚。

她挎着一篮子荸荠回去了，在柔软的田埂上留了一串脚印。明海看着她的脚印，傻了。五个小小的指头，脚掌平平的，脚跟细细的，脚弓部分缺了一块。明海身上有一种从来没有过的感觉，他觉得心里痒痒的。这一串美丽的脚印把小和尚的心搞乱了。

……

明子常搭赵家的船进城，给庵里买香烛，买油盐。闲时是赵大伯划船；忙时是小英子去，划船的是明子。

从庵赵庄到县城，当中要经过一片很大的芦花荡子。芦苇长得密密的，当中一条水路，四边不见人。划到这里，明子总是无端端地觉得心里很紧张，他就使劲地划桨。

小英子喊起来：“明子！明子！你怎么啦？你发疯啦？为什么划得这么快？”

……

明海到善因寺去受戒。

“你真的要去烧戒疤呀？”

“真的。”

“好好的头皮上烧十二个洞，那不疼死啦？”

“咬咬牙。舅舅说这是当和尚的一大关，总要过的。”

“不受戒不行吗？”

“不受戒的是野和尚。”

“受了戒有啥好处？”

“受了戒就可以到处云游，逢寺挂褡。”

“什么叫‘挂褡’？”

“就是在庙里住。有斋就吃。”

“不把钱？”

“不把钱。有法事，还得先尽外来的师父。”

“怪不得都说‘远来的和尚会念经’。就凭头上这几个戒疤？”

“还要有一份戒牒。”

“闹半天，受戒就是领一张和尚的合格文凭呀！”

“就是！”

“我划船送你去。”

“好。”

小英子早早就把船划到荸荠庵门前。不知是什么道理，她兴奋得很。她充满了好奇心，想去看看善因寺这座大庙，看看受戒是个啥样子。

善因寺是全县第一大庙，在东门外，面临一条水很深的护城河，三面都是大树，寺在树林子里，远处只能隐隐约约看到一点金碧辉煌的屋顶，不知道有多大。树上到处挂着“谨防恶犬”的牌子。这寺里的狗出名的厉害。平常不大有人进去。放戒期间，任人游看，恶狗都锁起来了。

好大一座庙！庙门的门槛比小英子的胳膝都高。迎门矗着两块大牌，一边一块，一块写着斗大两个大字——“放戒”，一块是“禁止喧哗”。这庙里果然是气象庄严，到了这里，谁也不敢大声咳嗽。明海自去报名办事，小英子就到处看看。好家伙，这哼哈二将、四大天王，有三丈多高，都是簇新的，才装修了不久。天井有二亩地大，铺着青石，种着苍松翠柏。“大雄宝殿”，这才真是个“大殿”！一进去，凉飕飕的。到处都是金光耀眼。释迦牟尼佛坐在一个莲花座上，单是莲座，就比小英子还高。抬起头来也看不全他的脸，只看到一个微微闭着的嘴唇和胖墩墩的下巴。两边的两根大红蜡烛，一搂多粗。佛像前的大供桌上供着鲜花、绒花、绢花，还有珊瑚树、玉如意、整根的大象牙。香炉里烧着檀香。小英子出了庙，闻着自己的衣服都是香的。挂了好些幡。这些幡不知是什么缎子的，那么厚重，绣的花真细。这么大一口磬，里头能装五担水！这么大一个木鱼，有一头牛大，漆得通红的。她又去转了转罗汉堂，爬到千佛楼上看了看。真有一千个小佛！她还跟着一些人去看了看藏经楼，藏经楼没有什么看头，都是经书！妈吔！逛了这么一圈，腿都酸了。小英子想起还要给家里打油，替姐姐配丝线，给娘买鞋面布，给自己买两个坠围裙飘带的银蝴蝶，给爹买旱烟，就出庙了。

等把事情办齐，晌午了。她又到庙里看了看，和尚正在吃粥。好大一个“膳堂”，坐得下八百个和尚。吃粥也有这样多讲究：正面法座上摆着两个锡胆瓶，里面插着红绒花，后面盘膝坐着一个穿了大红满金绣袈裟的和尚，手里拿了戒尺。这戒尺是要打人的。哪个和尚吃粥吃出了声音，他下来就是一戒尺。不过他并不真的打人，只是做个样子。真稀奇，那么多的和尚吃粥，竟然不出一点声音！她看见明子也坐在里面，想跟他打个招呼又不好打。想了想，管他禁止不禁止喧哗，就大声喊了一句："我走啦！"她看见明子目不斜视地微微点了点头，就不管很多人都朝自己看，大摇大摆地走了。

第四天一大清早小英子就去看明子。她知道明子受戒是第三天半夜——烧戒疤是不许人看的。她知道要请老剃头师傅剃头，要剃得横摸顺摸都摸不出头发茬子，要不然一烧，就会"走"了戒，烧成了一片。她知道是用枣泥子先点在头皮上，然后用香头子点着。她知道烧了戒疤就喝一碗蘑菇汤，让它"发"，还不能躺下，要不停地走动，叫作"散戒"。这些都是明子告诉她的。明子是听舅舅说的。

她一看，和尚真在那里"散戒"，在城墙根底下的荒地里。一个一个，穿了新海青，光光的头皮上都有十二个黑点子。——这黑疤掉了，才会露出白白的、圆圆的"戒疤"。和尚都笑嘻嘻的，好像很高兴。她一眼就看见了明子。隔着一条护城河，就喊他："明子！"

"小英子！"

"你受了戒啦？"

"受了。"

"疼吗？"

"疼。"

"现在还疼吗？"

"现在疼过去了。"

"你哪天回去？"

"后天。"

“上午？下午？”

“下午。”

“我来接你！”

“好！”

……

小英子把明海接上船。

小英子这天穿了一件细白夏布上衣，下边是黑洋纱的裤子，赤脚穿了一双龙须草的细草鞋，头上一边插着一朵栀子花，一边插着一朵石榴花。她看见明子穿了新海青，里面露出短褂子的白领子，就说：“把你那外面的一件脱了，你不热呀！”

他们一人一把桨。小英子在中舱，明子扳艄，在船尾。

她一路问了明子很多话，好像一年没有看见了。

她问，烧戒疤的时候，有人哭吗？喊吗？

明子说，没有人哭，只是不住地念佛。有个山东和尚骂人：“俺日你奶奶！俺不烧了！”

她问善因寺的方丈石桥是相貌和声音都很出众吗？

“是的。”

“说他的方丈比小姐的绣房还讲究？”

“讲究。什么东西都是绣花的。”

“他屋里很香？”

“很香。他烧的是伽楠香，贵得很。”

“听说他会作诗，会画画，会写字？”

“会。庙里走廊两头的砖额上，都刻着他写的大字。”

“他是有个小老婆吗？”

“有一个。”

“才十九岁？”

“听说。”

“好看吗？”

“都说好看。”

“你没看见？”

“我怎么会看见？我关在庙里。”

明子告诉她，善因寺一个老和尚告诉他，寺里有意选他当沙弥尾，不过还没有定，要等主事的和尚商议。

“什么叫‘沙弥尾’？”

“放一堂戒，要选出一个沙弥头、一个沙弥尾。沙弥头要老成，要会念很多经。沙弥尾要年轻，聪明，相貌好。”

“当了沙弥尾跟别的和尚有什么不同？”

“沙弥头、沙弥尾，将来都能当方丈。现在的方丈退居了，就当。石桥原来就是沙弥尾。”

“你当沙弥尾吗？”

“还不一定哪。”

“你当方丈，管善因寺？管这么大一个庙？！”

“还早呐！”

划了一气，小英子说：“你不要当方丈！”

“好，不当。”

“你也不要当沙弥尾！”

“好，不当。”

又划了一气，看见那一片芦花荡子了。

小英子忽然把桨放下，走到船尾，趴在明子的耳朵旁边，小声地说：“我给你当老婆，你要不要？”

明子眼睛鼓得大大的。

“你说话呀！”

明子说：“嗯。”

“什么叫‘嗯’呀！要不要，要不要？”

明子大声地说：“要！”

“你喊什么！”

明子小小声说：“要——！”

“快点划！”

英子跳到中舱，两只桨飞快地划起来，划进了芦花荡。

芦花才吐新穗。紫灰色的芦穗，发着银光，软软的，滑溜溜的，像一串丝线。有的地方结了蒲棒，通红的，像一枝一枝小蜡烛。青浮萍，紫浮萍。长脚蚊子，水蜘蛛。野菱角开着四瓣的小白花。惊起一只青桩（一种水鸟），擦着芦穗，扑鲁鲁鲁飞远了。

……

一九八〇年八月十二日，写四十三年前的一个梦

载一九八〇年第十期《北京文艺》

## 02 晚饭花

李小龙的家在李家巷。

这是一条南北向的巷子，相当宽，可以并排走两辆黄包车。但是不长，巷子里只有几户人家。

西边的北口一家姓陈。这家好像特别的潮湿，门口总飘出一股湿布的气味，人的身上也带着这种气味。他家有好几棵大石榴，比房檐还高，开花的时候，一院子都是红彤彤的。结的石榴很大，垂在树枝上，一直到过年下雪时才剪下来。

陈家往南，直到巷子的南口，都是李家的房子。

东边，靠北是一个油坊的堆栈，粉白的照壁上黑漆八个大字：“双窨香油，照庄发客”。

靠南一家姓夏。这家进门就是锅灶，往里是一个不小的院子。这家特别重视过中秋。每年的中秋节，附近的孩子就上他们家去玩，去看院子里还在开着的荷花，几盆大桂花，缸里养的鱼；看他家在院子里摆好了的矮脚的方桌，放了毛豆、芋头、月饼、酒壶，准备一家赏月。

在油坊堆栈和夏家之间，是王玉英的家。

王家人很少，一共三口。王玉英的父亲在县政府当录事，每天一早便提着一个蓝布笔袋，一个铜墨盒去上班。王玉英的弟弟上小学。王玉英整天一个人在家。她老是在她家的门道里做针线。

王玉英家进门有一个狭长的门道。三面是墙：一面是油坊堆栈的墙，一面是夏家的墙，一面是她家房子的山墙。南墙尽头有一个小房门，里面才是她家的房屋。从外面是看不见她家的房屋的。这是一个长方形的天井，一年四季，照不进太阳。夏天很凉快，上面是高高的蓝天，正面的山墙脚下密密地长了一排晚饭花。王玉英就坐在这个狭长的天井里，坐在晚饭花前面做针线。

李小龙每天放学，都经过王玉英家的门外。他都看见王玉英（他看了陈家的石榴，又看了“双窨香油，照庄发客”，还会看看夏家的花木）。晚饭花开得很旺盛，它们使劲地往外开，发疯一样，喊叫着，把自己开在傍晚的空气里。浓绿的，多得不得了的绿叶子；殷红的，胭脂一样的，多得不得了的红花；非常热闹，但又很凄清。没有一点声音。在浓绿浓绿的叶子和乱乱纷纷的红花之前，坐着一个王玉英。

这是李小龙的黄昏。要是没有王玉英，黄昏就不成其为黄昏了。

李小龙很喜欢看王玉英，因为王玉英好看。王玉英长得很黑，但是两只眼睛很亮，牙很白。王玉英有一个很好看的身子。

红花、绿叶、黑黑的脸、明亮的眼睛、白的牙，这是李小龙天天看的一张画。

王玉英一边做针线，一边等着她的父亲。她已经焖好饭了，等父亲一进门就好炒菜。

王玉英已经许了人家。她的未婚夫是钱老五。大家都叫他钱老五。不叫他的名字，而叫钱老五，有轻视之意。老人们说他“不学好”。人很聪明，会画两笔画，也能刻刻图章，但做事没有常性。教两天小学，又到报馆里当两天记者。他手头并不宽裕，却打扮得像个阔少爷，穿着细毛料子的衣裳，梳着油光光的分头，还戴了一副金丝眼镜。他交了许多“三朋四友”，风流浪荡，不务正业。都传说他和一个寡妇相好，有时就住在那个寡妇家里，还花寡妇的钱。

这些事也传到了王玉英的耳朵里，连李小龙也都听说了嘛，王玉英还能不知道？不过王玉英倒不怎么难过。她有点半信半疑。而且她相信她嫁过去，他就会改好的。她看见过钱老五，她很喜欢他的人才。

钱老五不跟他的哥哥住。他有一所小房，在臭河边。他成天不在家，门老是锁着。

李小龙知道钱老五在哪里住。他放学每天经过。他有时趴在门缝上往里看：里面有三间房，一个小院子，有几棵树。

王玉英也知道钱老五的住处。她路过时，看看两边没有人，也曾经趴在门缝上往里看过。

有一天，一顶花轿把王玉英抬走了。

从此，这条巷子里就看不见王玉英了。

晚饭花还在开着。

李小龙放学回家，路过臭河边，看见王玉英在钱老五家门前的河边淘米。只看见一个背影。她头上戴着红花。

李小龙觉得王玉英不该出嫁，不该嫁给钱老五。他很气愤。

这世界上再也没有原来的王玉英了。

**载一九八二年第一期《十月》**

# 03 瑞云

## ——聊斋新义

瑞云越长越好看了。初一十五，她到灵隐寺烧香，总有一些人盯着她傻看。她长得很白，姑娘媳妇偷偷向她的跟妈打听："她搽的是什么粉?"——"她不搽粉，天生的白嫩。"平常日子，街坊邻居也不大容易见到她，只听见她在小楼上跟师傅学吹箫，拍曲子，念诗。

瑞云过了十四，进十五了。按照院里的规矩，该接客了。养母蔡妈妈上楼来找瑞云。

"姑娘，你大了。是花，都得开。该找一个人梳拢了。"

瑞云在行院中长大，哪有不明白的。她脸上微红了一阵，倒没有怎么太扭捏，爽爽快快地说："妈妈说的是。但求妈妈依我一件：钱，由妈妈定；人，要由我自己选。"

"你要选一个什么样的？"

"要一个有情的。"

"有钱的、有势的，好找。有情的，没有。"

"这是我一辈子头一回。哪怕只跟这个人过一夜，也就心满意足了。以后，就顾不了许多了。"

蔡妈妈看看这棵摇钱树，寻思了一会儿，说："好，钱由我定，人由你选，不过得有个期限：一年。一年之内，由你，过了一年，由我！今天是三月十四。"

于是瑞云开门见客。

蔡妈妈定例，上楼小坐，十五两，见面贽礼不限。

王孙公子、达官贵人、富商巨贾，纷纷登门求见。瑞云一一接待。贽礼厚的，陪着下一局棋，或当场画一个小条幅、一把扇面。贽礼薄的，敬一杯香茶而已。这些狎客对瑞云各有品评。有的说是清水芙蓉，有的说是未放梨蕊，有的说是一块羊脂玉，一传十，十传百，瑞云身价渐高，成了杭州红极一时的名妓。

余杭贺生，素负才名，家道中落，二十未娶。偶然到西湖闲步，见一画舫，飘然而来。中有美人，低头吹箫。岸上游人，纷纷指点："瑞云！瑞云！"贺生不觉注目。画舫已经远去，贺生还在痴立。回到寓所，茶饭无心，想了一夜，备了一份薄薄的贽礼，往瑞云院中求见。

原来以为瑞云阅人已多，一定不把他这寒酸当一回事。不想一见之后，瑞云款待得很殷勤。亲自涤器烹茶，问长问短。问余杭有什么山水，问他家里都有什么人，问他二十岁了为什么还不娶妻……语声柔细，眉目含情。有时默坐，若有所思。贺生觉得坐得太久了，应该知趣，起身将欲告辞。瑞云拉住他的手，说："我送你一首诗。"诗曰：

何事求浆者，
蓝桥叩晓关。
有心寻玉杵，
端只在人间。

贺生得诗狂喜，还想再说点什么，小丫头来报："客到！"贺生只好仓促别去。

贺生回寓，把诗展读了无数遍，才夹到一本书里，过一会儿，又抽出来看看。瑞云分明属意于我，可是玉杵向哪里去寻？

过一二日，实在忍不住，备了一份贽礼，又去看瑞云。听见他的声音，瑞云揭开门帘，把他让进去，说："我以为你不来了。"

"想不来，还是来了！"

瑞云很高兴。虽然只见了两面，已经好像很熟了。山南海北，琴棋书画，无所不谈。瑞云从来没有和人说过那么多的话，贺生也很少说话说得这样聪明。不知不觉，炉内香灰堆积，帘外落花渐多。瑞云把座位移近贺生，悄悄地说："你能不能想一点办法，在我这里住一夜？"

贺生说："看你两日，于愿已足。肌肤之亲，何敢梦想！"

他知道瑞云和蔡妈妈有成约：人由自选，价由母定。

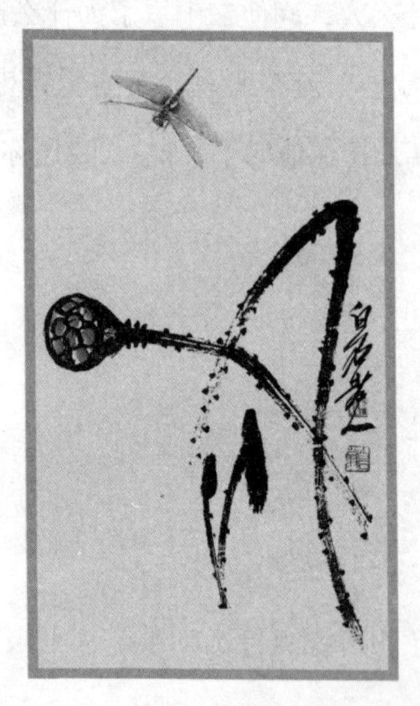

瑞云说："娶我，我知道你没这个能力。我只是想把女儿身子交给你。以后你再也不来了，山南海北，我老想着你，这也不行吗？"

贺生摇头。

两个再没有话了，眼对眼看着。

楼下蔡妈妈大声喊："瑞云！"

瑞云站起来，执着贺生的两只手，一双眼泪滴在贺生手背上。

贺生回去，辗转反侧。想要回去变卖家产，以博一宵之欢；又想到更尽分别，各自东西，两下牵挂，更何以堪。想到这里，热念都消。咬咬牙，再不到瑞云院里去。

蔡妈妈催着瑞云择婿。接连几个月，没有中意的。眼看花朝已过，离三月十四没有几天了。

这天，来了一个秀才，坐了一会儿，站起身来，用一个指头在瑞云额头上按了一按，说："可惜，可惜！"说完就走了。瑞云送客回来，发现额头有一个黑黑的指印。越洗越真。

而且这块黑斑逐渐扩大，几天的工夫，左眼的上下眼皮都黑了。

瑞云不能再见客，蔡妈妈拔了她的簪环首饰，剥了上下衣裙，把她推下楼来，和老妈子丫头一块干粗活。瑞云娇养惯了，身子又弱，怎么受得了这个！

贺生听说瑞云遭了奇祸，特地去看看。瑞云蓬着头，正在院里拔草。贺生远远喊了一声："瑞云！"瑞云听出是贺生的声音，急忙躲到一边，脸对着墙壁。贺生连喊了几声，瑞云就是不回头。贺生一头去找到蔡妈妈，说是愿意把瑞云赎出来。瑞云已经是这样，蔡妈妈没有多要身价银子。贺生回余杭，变卖了几亩田产，向蔡妈妈交付了身价，一乘花轿把瑞云抬走了。

到了余杭，拜堂成礼。入了洞房后，瑞云乘贺生关房门的工夫，自己揭了盖头，一口气，噗，噗，把两枝花烛吹灭了。贺生知道瑞云的心思，并不嗔怪。轻轻走拢，挨着瑞云在床沿坐下。

瑞云问："你为什么娶我？"

"以前，我想娶你，不能。现在能把你娶回来了，不好吗？"

"我脸上有一块黑。"

"我知道。"

"难看吗？"

"难看。"

"你说了实话。"

"看看就会看惯的。"

"你是可怜我吗？"

"我疼你。"

"伸开你的手。"

瑞云把手放在贺生的手里。贺生想起那天在院里瑞云和他执手相看，就轻轻抚摸瑞云的手。

瑞云说："你说的是真话。"接着叹了一口气，"我已经不是我了。"

贺生轻轻咬了一下瑞云的手指："你还是你。"

"总不那么齐全了！"

"你不是说过，愿意把身子给我吗？"

"你现在还要吗？"

"要！"

两口儿日子过得很甜。不过瑞云每晚临睡，总把所有灯烛吹灭了。好在贺生已经逐渐对她的全身读得很熟，没灯胜似有灯。

花开花落，春去秋来。一窗细雨，半床明月。少年夫妻，如鱼如水。

贺生真的对瑞云脸上那块黑看惯了。他不觉得有什么难看。似乎瑞云脸上本来就有，应该有。

瑞云还是一直觉得歉然。她有时晨妆照镜，会回头对贺生说：“我对不起你！”

“不许说这样的话！”

贺生因事到苏州，在虎丘吃茶。隔座是一个秀才，自称姓和，彼此攀谈起来。秀才听出贺生是浙江口音，便问：“你们杭州，有个名妓瑞云，她现在怎么样了？”

“已经嫁人了。”

“嫁了一个什么样的人？”

“一个和我差不多的人。”

“真能类似阁下，可谓得人！——不过，会有人娶她吗？”

“为什么没有？”

“她脸上——”

“有一块黑，是一个什么人用指头在她额头一按，留下的。这个人真不知道安的是什么心肠！——你怎么知道的？”

“实不相瞒，你说的这个人，就是在下。”

“你为什么要做这种事？”

“昔在杭州，也曾一觐芳仪，甚惜其以绝世之姿而流落不偶，故以小术晦其光而保其璞，留待一个有情人。”

“你能点上，也能去掉吗？”

“怎么不能？”

“我也不瞒你，娶瑞云的，便是小生。”

“好！你别具一双眼睛，能超出世俗媸妍，是个有情人！我这就同你到余杭，还君一个十全佳妇。”

到了余杭，秀才叫贺生用铜盆打一盆水，伸出中指，在水面写写画画，说：“洗一洗就会好的。好了，须亲自出来一谢医人。”

贺生笑说：“那当然！”贺生捧盆入内室，瑞云掬水洗面，面上黑斑随手消失，晶莹洁白，一如当年。瑞云照照镜子，不敢相信，反复照视，大叫一声：“这是我！这是我！”

夫妻二人，出来道谢。一看，秀才没有了。

这天晚上，瑞云高烧红烛，剔亮银灯。

贺生不像瑞云一样欢喜。明晃晃的灯烛，粉扑扑的嫩脸，他觉得不惯。他若有所失。

瑞云觉得他的爱抚不像平日那样温存，那样真挚。她坐起来，轻轻地问：“你怎么了？”

一九八七年八月一日　北京

## 04 双灯
### ——聊斋新义

魏家二小，父母双亡，没念过几年书，跟着舅舅卖酒。舅舅开了一座糟坊，就在村口，不大，生意也清淡，顾客不多。糟坊前边，有一些甑子、水桶、酒缸。后面是一个很大的院子，荒荒凉凉，什么也没有，开了一地的野花。后院有一座小楼。楼下是空的，二小住在楼上。每天太阳落了山，关了大门，就剩二小一个人了。他倒不觉得闷。有时反反复复想想小时候的事，背两首还记得的千家诗，或是伏在楼窗口看南山。南山暗蓝暗蓝的，没有一星灯火。南山很深，除了打柴的、采药的，不大有人进去。天边的余光退尽了，南山的影子模糊了，星星一个一个地出齐了，村里有几声狗叫，二小睡了，连灯都不点。一年一年，二小长得像个大人了，模样很清秀。因为家寒，还没有说亲。

一天晚上，二小已经躺下了，听见楼下有脚步声，还似不止一个人。不大会儿，踢踢踏踏，上了楼梯。二小一骨碌坐起来："谁？"只见两个小丫头挑着双灯，已经到了床跟前。后面是一个少年书生，领着一个女郎。到了床跟前，微微一笑。二小惊得说不出话来。一想：这是狐狸精！腾地一下，汗毛都立起来了，低着头，不敢斜视一眼。书生又笑了笑说："你不要猜疑。我妹妹和你有缘，应该让她与你做伴。"二小看看书生，一身貂皮绸缎，华丽耀眼；看看自己，粗布衣裤，自己直觉得寒碜，不知道说什么好。书生领着丫鬟，丫鬟留下双灯，他们径自走了。

剩下女郎一个人。

二小细细看了看女郎，像画上画的仙女，越看越喜欢，只是自己是个卖酒的，浑身酒糟气，怎么配得上这样的仙女呢？想说两句风流一点的话，一句也说不出，傻了。女郎看看他，说："你不是念'子曰'的，怎么这么书呆子气！我手冷，给我焐焐！"一步走向前，把二小推倒在床上，把手伸在他怀里。焐了一会儿，二小问："还冷吗？"——"不冷了，我现在身上冷。"二小翻身把她搂了起来。二小从来没有干过这种事。不过这种事是不需人教的。

鸡叫了，两个小丫鬟来，挑了双灯，把女郎引走了。到楼梯口，女郎回头："我晚上来。"

"我等你。"

夜长，他们赌猜枚。二小拎了一壶酒，笸箩里装了一堆豆子："我藏你猜，猜对了，我喝一口酒。"他用右手攥了豆子："几颗？"

"三颗。"

摊开手：三颗！

又攥了一把："几颗？"

"十一！"

摊开来，十一颗！

猜了十次，都猜对了，二小喝了好几杯酒。

"这样猜法，你要喝醉了，你没个赢的时候，不如我藏，你猜，这样你还能赢几把。"

这样过了半年。

一天，太阳将落，二小关了大门，到了后院。看见女郎坐在墙头上，这天她打扮得格外标致，水红衫子，白蝶绢裙，鬓边插了一支珍珠偏凤。她招了招手："你过来。"把手伸给了二小，墙不高，轻轻一拉，二小就过了墙。

"你今天来得早？"

"我要走了，你送送我。"

"要走？为什么要走？"

"缘尽了。"

"什么叫'缘'?"

"缘就是爱。"

"……"

"我喜欢你，我来了。我开始觉得我就要不那么喜欢你了，我就得走。"

"你忍心？"

"我舍不得你，但是我得走。我们，和你们人不一样，不能凑合。"

说着已到村外，那两个小丫鬟挑着双灯等在那里，她们一直走向南山。

到了高处，女郎回头："再见了。"

二小呆呆地站着，远远看见双灯一会儿明，一会儿灭，越来越远，渐渐看不见了，二小好像掉了魂。

这天夜晚，山上的双灯，村里人都看见了。

一九八八年六月十日

载一九八九年第一期《上海文学》

## 05 侯银匠

白果子树，开白花，
南面来了小亲家。
亲家亲家你请坐，
你家女儿不成个货。
叫你家女儿开开门，
指着大门骂门神。
叫你家女儿扫扫地，
拿着笤帚舞把戏。
……

侯银匠店是个不大点的小银匠店。从上到下，老板、工匠、伙计，就他一个人。他用一把灯草浸在油盏里，又用一个弯头的吹管把银子烧软，然后用一个小锤子在一个铜模子或一个小铁砧上丁丁笃笃敲打一气，就敲出各种银首饰。麻花银镯，小孩子虎头帽上钉的银罗汉、银链子、发蓝簪子、点翠簪子……侯银匠一天就这样丁丁笃笃地敲，戴着一副老花镜。

侯银匠店特别处是附带出租花轿。有人要租，三天前订好，到时候就由轿夫抬走。等新娘拜了堂，再把空轿抬回来。这顶花轿平常就停在屏门前的廊檐上，一进侯银匠家的门槛就看得见。银匠店出租花轿，不知是一个什么道理。

侯银匠中年丧妻，身边只有一个女儿，他这个女儿很能干。在别的同年的女孩子还只知道梳妆打扮、抓子儿、踢毽子的时候，她已经把家务全撑了起来。开门扫地、掸土抹桌、烧茶煮饭、浆洗缝补，事事都做得很精到。她小名叫菊子，上学之后学名叫侯菊。街坊四邻都很羡慕侯银匠有这么个好女儿，有的女孩子躲懒贪玩，妈妈就会骂一句："你看人家侯菊！"

一家有女百家求，头几年就不断有媒人来给侯菊提亲。侯银匠总是说："孩子还小，孩子还小！"千挑选万挑选，侯银匠看定了一家。这家姓陆，是开粮行的。弟兄三个，老大老二都已经娶了亲，说的是老三。侯银匠问菊子的意见，菊子说："爹做主！"侯银匠拿出一张小照片让菊子看，菊子扑哧一声笑了。"笑什么?"——"这个人我认得！他是我们学校的老师，教过我英文。"从菊子的神态上，银匠知道女儿对这个女婿是中意的。

侯菊十六那年下了小定。陆家不断派媒人来催侯银匠早点把事办了。三天一催，五天一催。陆家老三倒不着急，着急的是老人。陆家的大儿媳妇、二儿媳妇进门后都没有生养，陆老头子想三媳妇早进陆家门，他好早一点抱孙子。三天一催，五天一催，侯菊有点不耐烦，说："总得给人家一点时间准备准备。"

侯银匠拿出一堆银首饰叫菊子自己挑，菊子连正眼都不看，说："我都不要！你那些银首饰都过了时。现在只有乡下人才戴银镯子、发蓝簪子、点翠簪子，我往哪儿戴，我又不梳髻！你那些银五半半现在人都不知道是干什么用的！"侯银匠明白了，女儿是想要金的。他搜罗了一点金子给女儿打了一对秋叶形的耳坠、一条金链子、一个五钱重的戒指。侯菊说：“不是我稀罕金东西。大嫂子、二嫂子家里都是有钱的，金首饰戴不完。我嫁过去，有个人来客往的，戴两件金的，也显得不过于寒碜。”侯银匠知道这也是给当爹的做脸，于是加工细做，心里有点甜，又有点苦。

爹问菊子还要什么，菊子指指廊檐下的花轿，说：“我要这顶花轿。”

“要这顶花轿？这是顶旧花轿，你要它干什么？”

“我看了看，骨架都还是好的，这是紫檀木的，我会把它变成一顶新的！”

侯菊动手改装花轿，买了大红缎子、各色丝绒，飞针走线，一天忙到晚。轿顶绣了丹凤朝阳，轿顶下一圈鹅黄丝线流苏走水。“走水”这词儿想得真是美妙，轿子一抬起来，流苏随轿夫脚步轻轻地摆动起伏，真像是水在走。四边的帏子上绣的是八仙庆寿。最出色的是轿前的一对飘带，是“纳锦”的。“纳”的是两条金龙，金龙的眼珠是用桂圆核剪破了钉上去的（得好些桂圆才能挑出四只眼睛），看起来乌黑闪亮。她又请爹打了两串小银铃，作为飘带的坠脚。轿子一动，银铃碎响。轿子完工，很多人都来看，连声称赞：“菊子姑娘的手真巧，也想得好！”

转过年来，春暖花开，侯菊就坐了这顶手制的花轿出门。临上轿时，菊子说了声：“爹！您多保重！”鞭炮一响，老银匠的眼泪就下来了。

花轿没有再抬回来，侯菊把轿子留下了。这顶簇新的花轿就停在陆家的廊檐下。

侯菊有侯菊的打算。

大嫂、二嫂家里都有钱。大嫂子娘家有田有地，她的嫁妆是金堂红木、压箱底一张田契，这是她的陪嫁。二嫂子娘家是开糖坊的。侯菊有什么呢？她有这顶花轿。她把花轿出租。全城还有别家出租花轿，但都不如侯菊的花轿鲜亮，接亲的人家都愿意租侯菊的花轿。这样她每月都有进项。她把钱放在迎桌抽屉里。这是她的私房钱，她想怎么花就怎么花。她对新婚的丈夫说："以后你要买书订杂志，要用钱，就从这抽屉里拿。"

陆家一天三顿饭都归侯菊管起来。大嫂子、二嫂子好吃懒做，饭摆上桌，拿碗盛了就吃，连洗菜剥葱、刷锅、刷碗都不管。陆家人多，众口难调。老大爱吃硬饭，老二爱吃软饭，公公婆婆爱吃焖饭，各人吃菜爱咸爱淡也都不同。侯菊竟能在一口锅里煮出三样饭，一个盘子里炒出不同味道的菜。

公公婆婆都喜欢三儿媳妇。婆婆把米柜的钥匙交给了她，公公连粮行账簿都交给了她，她实际上成了陆家的当家媳妇。她才十七岁。

侯银匠有时以为女儿还在身边。他的灯碗里油快干了，就大声喊："菊子！给我拿点油来！"及至无人应声，才一个人笑了："老了！糊涂了！"

女儿有时提了两瓶酒回来看他，椅子还没有坐热就匆匆忙忙走了。侯银匠想让女儿回来住几天，他知道这办不到，陆家一天也离不开她。

侯银匠常常觉得对不起女儿，让她过早地懂事，过早地当家。她好比一树桃子，还没有开花，就结了果子。

女儿走了，侯银匠觉得他这个小银匠店大了许多，空了许多。他觉得有些孤独，有些凄凉。

侯银匠不会打牌，也不会下棋，他能喝一点酒，也不多，而且喝的是慢酒。两块从连万顺买来的茶干、二两酒，就够他消磨一晚上。侯银匠忽然想起两句唐诗，那是他錾在“一封书”样式的银簪子上的（他记得的唐诗并不多）。想起这两句诗，有点文不对题：

姑苏城外寒山寺，
夜半钟声到客船。

## 06 锁梦

呆少爷早上起来，问丫头伶俐：“你昨天夜里看见我没有？”

“看见你？——昨天夜里？在哪里？”

“梦里。”

“梦里？——我没有看见你。”

呆少爷抄起鸡毛掸子要打伶俐。

“干吗打我！”

正在洗衣裳的胡妈赶过来，也问：

“干吗打伶俐？”

“昨天夜里她明明看见我了，她说没有！”

胡妈说：“梦是心中想，你想她，她不想你。你做梦，她没有做梦。你看见她，她没有看见你。做梦怎么能当真呢？”

“那不行！今天夜里她一定要在梦里看见我！我在梦里等着你！”

这天夜里呆少爷睡得非常实在，什么梦也没有做。一睁眼，天已经亮了。他大声喊：“伶俐！伶俐！你在梦里看见我没有？”

伶俐说：“看见了！”

“你看见我在干什么？”

“看见你跟烧火的麻丫头亲嘴。”

“什么？我和麻丫头亲嘴？”

“亲得吧唧吧唧的响！”

“还吧唧吧唧的响！——放屁！”

“对，一边亲嘴一边放屁。”

“什么！”

“吧唧吧唧，布布布布……你的屁很特别。”

“有什么特别？”

“光响不臭。”

“你到街上喊一个铜匠来！”

“干什么？”

“我要打一把锁把你的梦锁起来，不许瞎做梦。吧唧吧唧，布布布布，不像话！”

## 07 百蝶图

小陈三是个卖绒花的货郎。他父亲活着的时候就是个货郎，卖绒花。父亲死了，子承父业，他十六七岁就挑起货郎担卖绒花。城里人叫他小货郎，也叫他小陈。有些人叫他小陈三，则不知是什么道理。他是个独儿子，并无兄弟。也许因为他人缘好，长得聪明清秀，这么叫着亲切。他家住泰山庙。每天从家里出来，沿科甲巷，越塘，进东门，经王家亭子，过奎楼，奔南市口，在焦家巷、百岁巷、熙和巷等几条大巷子都停一停。把货郎担歇在巷口，举起羊皮拨浪鼓摇一气：布楞、布楞、布楞楞……宅门开了，走出大姑娘、小媳妇、老太太。

“小陈三，来了？”

“来了您哪！”

“有好花没有？”

“有！昨天刚从扬州贩来的。您瞧瞧。”

小陈三把货郎担的圆笼一个一个打开，摆在扫净的阶石上让人观赏。

他的担子两头各有四层。已经用了两代人，还是严丝合缝，光泽如新，毫不走形。四层圆屉，摞得高高的，但挑起来没有多大分量，因为里面都是女人戴的花：大红剪绒的红双喜、团寿字，这是老太太要的；米珠子穿成的珠花，是少奶奶订的；绢花、通草花，颜色深浅不一，都好像真花，有的通草花上还伏了一只黑凤蝶，凤蝶触须是极细的“花丝”拧成的，靠在手里不停地颤动，好像凤蝶就要起翅飞走。小陈三一枝一枝送到大姑娘、小媳妇、老太太面前，她们能不买两枝吗？

有的姑娘媳妇是为看两眼小陈三，才买他的花的。

货郎担的一屉放的是绣花用的彩绒丝线。

一天，小陈三挑了货郎担往南城去，到了王家亭子边上，忽然下起雨来。真是瓢泼大雨！雨暴风狂，小陈三站不住脚，货郎担被风刮得拧着麻花乱转。附近没有地方可以躲避，小陈三只好敲敲王家亭子的玻璃窗，问里面的王小玉，可以不可以让他进来避避雨。

“可以可以！进来进来！”

这王家亭子紧挨东门，正字应该叫作蝶园，本是王家的花园，算得是一处可以供人游赏的名胜。当日王家常在园中宴客，赋诗饮酒。后来王家渐渐衰败，子孙迁寓苏州，蝶园花木凋残，再也听不到吟诗拍曲的声音。只有“亭子”和亭前的半亩荷塘却保留了下来。所谓“亭子”实是一座五间的大厅。大厅四面开窗，十分敞亮。王家把大厅（包括全堂红木家具）和荷塘交给原来的管家老王头看管。清明上坟，偶尔来蝶园看看，平常是不来的。

小陈三的上衣都湿透了，小玉叫他脱下来，在小缸灶里抓了一把柴火，把小陈三的湿衣服搭在烘笼上烤着，扔给他一条手巾，叫他擦擦身上的雨水，给他一件父亲老王头的旧上衣，叫他披披。缸灶火上还炖了壶茶水——老王头是喝茶的。还好，圆笼里的花没有湿了，但是怕受了潮气，闷得褪了色，小玉还是帮小陈三一屉一屉揭开，平放在红木条案上。

雨还在下。

小陈三说：“这雨！”

小玉说："这雨！"

"你一个人，不怕？"

"不怕！怕什么？"

小玉的父亲常常出去，给王家料理一点杂事：完钱粮、收佃户送来的租稻……找护国寺的老和尚聊天，有时还找老朋友喝个小酒，回来时往往是月亮照着城墙垛子了。

小玉胆很大。王家亭子紧挨着城墙，城外荒坟累累，还是杀人的刑场，鬼故事很多，她都不相信．只有一个故事，使她觉得很凄凉：一个外地人赶夜路，到了东门外，想抽一袋烟。前面有几个人围着一盏油灯。赶路人装了一袋烟，凑过去点个火。不想吧唧了半天，烟不着，他用手摸摸火苗，火是凉的！这几个是鬼！外地人赶紧走，鬼在他身后哈哈大笑。小玉时常想起凉的火、鬼哈哈大笑。但是她并不汗毛直竖。这个鬼故事有一种很美的东西，叫她感动。

小玉的母亲死得早，她十四岁就支撑门户，打里打外，利利落落，凡事很有决断。

母亲是个绣花女工，小玉从小就学会绣花。手很巧，平针、"乱孱"、挑花、"纳锦"都会。绣帐檐、门帘、枕头顶，都成。她能出样子、配颜色，在县城里有些名气。"打子儿""七色晕"，她为甄家即将出阁的小姐绣的一对门帘飘带赢得很多人称赞。白缎地子，平金纳锦飞龙。难的是龙的眼睛，眼珠是桂圆核壳钉上去的。桂圆核壳剪破，打了眼，头发丝缝缀。桂圆核很不好剪，一剪就破，又要一般大，一样圆，剪坏了好多桂圆，才能选出四颗眼珠。白地、金龙、乌黑闪亮的龙眼睛，神气活现。

小陈三看王小玉的绣活，王小玉看小货郎的绒花。喝着老王头的土叶茶，说着话，雨停了，小陈的上衣也干了，小陈告辞。小玉送到门口：“常来！”

“哎，来！”

小陈三果然常来歇脚。他们说了很多话，还结伴到扬州辕门桥去过几次。小陈三办货，小玉买彩绒丝线。

王小玉是个美人，长得就像王家亭子前才出水的一箭荷花骨朵，细皮嫩肉，一笑俩酒窝。但是你最好不要招惹她。她双眼一瞪，够你小子哆嗦一会子，她会拿绣花针给你身上留下一点记号。

都说王小玉和小陈三是天生的一对。

小玉对小陈三是喜欢的，认为他本小利薄，但是是一个有志气、有出息的后生。小玉对她自己的，也是小陈三的前途有个“远景规划”。她叫小陈三在南市口租个门面，当中是店堂，两边设两个玻璃砖面的小柜台。一边卖她的绣活，小陈三帮她接活，记账；一边还可以由小陈三卖绒花丝线。小陈三可以不必再挑货郎担——愿意挑也可以，只是一天磨鞋底子，太辛苦了。兢兢业业，做上几年，小日子会红火起来的。“斗升之家”还能指望什么呢？

对小玉的“蓝图”，小陈三表示完全同意，只是：“太委屈你了！”

“我愿意！”

有个人不愿意。

谁？

小陈三的妈。

小陈三的父亲死得早，妈年轻守寡。她是个非常要强的女人。她眼睛有病，双眼有翳——白内障，见人只模模糊糊看见脸，眉眼分不太清，对面来人，听说话才知道是谁。就这样，她还一天不拾闲，忙忙碌碌，家里收拾得“一水也似的”。儿子爱王小玉，她知道，因为儿子早在她耳朵跟前夸小玉，怎么好看，怎么能干，什么事都拿得起，放得下。老太太只是听着，不言语，转着灰白的眼珠子，好像想什么心事。

王小玉给孙家四小姐绣了个幔帐。这孙四小姐是个很讲究的、欣赏品味很高的才女，衣着都别出心裁，不落俗套。她曾经让小玉绣过一“套”旗袍。一套三件。她一天三换衣，但是乍看看不出来，三件都绣的是白海棠：早起，海棠是骨朵；中午，海棠盛开了；晚上，海棠开败了。她要出嫁了，要小玉绣一个幔帐。她讨厌凤穿牡丹这样大红大绿的花样，让小玉给她绣一幅“百蝶图”，她收藏了一套《滕王蛱蝶》大册页，叫小玉照着绣。

小玉花了一个月，绣得了，张挂在王家，请孙四小姐来验看。孙四小姐一进门，只说了一个字：“好！”王小玉绣的《百蝶图》轰动一城，来看的人很多。

小陈三的妈也来了。经过一个眼科名医生金针拨治，她的眼睛好多了，已经能看清楚黄瓜茄子。她凑近去细看了《百蝶图》，越看越有气。

小陈三跟老太太提出要把小玉娶过来，他妈瞪着浑浊的眼睛喊叫起来：“不行！”

小玉太好看，太聪明，太能干，是个人尖子。她的家里，绝对不能有个人尖子。她不能接受，不能容忍！

她宁可要个窝窝囊囊的平庸的儿媳。

来了一个人尖子，把她往哪儿搁？

“你要娶王小玉，除非等我死了！”

小陈三不明白母亲为什么生那么大的气。小陈三是个孝子。“顺者为孝”。他只好听妈的，没有在家里吵嚷吼叫，日子过得还是平平静静的。但是小陈三的妈知道，儿子和妈之间在感情上发生了很大的变化，她知道儿子对她有一种刻骨的怨恨。他一天不说话。他们的关系已经不是母亲和儿子，而是仇敌。

小陈三的妈有时也觉得做了一件错事。她也想求儿子原谅她，但是，绝不！她没有错！

她为什么有如此恶毒的感情，连她自己也莫名其妙。

一九九六年七月二十三日

载一九九六年第六期《中国作家》

## 08 黄英
### ——聊斋新义

马子才，顺天人。几代都爱菊花。到了子才，更是爱菊如命。听说什么地方有佳种，一定得买到。千里迢迢，不辞辛苦。一天，有金陵客人寄住在马家，看了子才种的菊花，说他有个亲戚，有一二名种，为北方所无。马子才动了心，即刻打点行李，跟这位客人到了金陵。客人想方设法，给他弄到两苗菊花芽。马子才如获至宝，珍重裹藏，捧在手里，骑马北归。半路上，遇见一个少年，赶着一辆精致的轿车。少年眉清目秀，风姿洒落。他好像刚刚喝了酒，酒气中有淡淡的菊花香。一路同行，子才和少年就搭了话。少年听出马子才的北方口音，问他到金陵做什么来了，手里捧着的是什么。子才如实告诉少年，说手里这两苗菊花芽好不容易才弄到，这是难得的名种。少年说："种无不佳，培溉在人。人即是花，花即是人。"

马子才似懂非懂，问少年要往哪里去。少年说："姐姐不喜欢金陵，将到河北找个合适的地方住下。"马子才问："找了房没有?"——"到了再说吧。"子才说："我看你们就甭费事了。我家里还有几间闲房，空着也是空着，你们不如就在我那儿住着，我也好请教怎样'培溉'菊花。"少年说："得跟我姐姐商量商量。"他把车停住，把马子才的意思向姐姐说了。车里的人推开车帘说话。原来是二十来岁的一位美人。说："房子不怕窄憋，院子得大一些。"

子才说："我家有两套院子，我住北院，南院归你们。两院之间有个小板门。愿意来坐坐，拍拍门，随时可以请过来。平常尽可落闩下锁，互不相扰。”

“这样很好。”

谈了半日，才互通姓名。少年姓陶，姐姐小字黄英。

两家处得很好。马子才发现，陶家好像不举火，经常是从外面买点烧饼馃子就算一餐，就三天两头请他们过来便饭。这姐弟二人倒也不客气，一请就到。有一天陶对马说：“老兄家道也不是怎么富足的，我们老是吃你们，长了，也不是个事。咱们合计合计，我看卖菊花也能谋生。”马子才素来自命清高，听了陶生的话很不以为然，说：“这是以东篱为市井，有辱黄花！”陶笑笑，说：“自食其力不为贫，贩花为业不为俗。”马子才不再说话。陶生也还常常拍拍板门，过来看看马子才种的菊花。

子才种菊，十分勤苦。风晨雨夜，科头赤足，他又挑剔得很严，残枝劣种，都拔出来丢在地上。他拿了把竹扫帚，打算扫到沟里，让它们顺水漂走。陶生说：“别！”他把这些残枝劣种都捡了起来，抱到南院。马子才心想：这人并不懂种菊花！

没多久，到了菊花将开的月份，马子才听见南院人声嘈杂，闹闹嚷嚷，简直像是香期庙会：这是咋回事？扒在板门上偷觑：喝！都是来买花的。用车子装的，背着的，抱着的，缕缕不绝。再一看那些花，都是见都没见过的异种。心想：他真的卖起菊花来了。这么多的花，得卖多少钱？此人俗，且贪！交不得！又恨他秘着佳本，不叫自己知道，太不够朋友。于是拍拍板门，想过去说几句不酸不咸的话，叫这小子知道：马子才既不贪财，也不可欺。陶生听见拍门，开开门，拉着子才的手，把他拽了过来。子才一看，荒庭半亩，都已辟为菊畦，除了那几间旧房，没有一块空地，到处都是菊花。多数憋了骨朵，少数已经半开。花头大，颜色好，杆粗，叶壮，比他自己园里种的，强百倍。问："你这些花秧子是哪里淘换来的？"陶生说："你细看看！"子才弯腰细看：似曾相识。原来都是自己拔弃的残枝劣种。于是想好的讥诮话都忘了，直想问问："你把菊种得这样好，有什么诀窍？"陶生转身进了屋，不大会儿，搬出一张矮桌，就放在菊畦旁边。又进屋，拿出酒菜，说："我不想富，也不想穷，我不能那样清高。连日卖花，得了一些钱。你来了，今天咱们喝两盅。"陶生酒量大，用大杯。马子才只能小杯陪着。正喝着，听见屋里有人叫："三郎！"是黄英的声音，"少喝点，小心吓着马先生。"陶生答道："知道了。"几杯落肚，马子才问："你说过'种无不佳，培溉在人'，你到底有什么法子能把花种成这样？"

陶生说："人即是花，花即是人。花随人意。人之意即花之意。"

马子才还是不明白。

陶生豪饮，从来没见他大醉过。子才有个姓曾的朋友，酒量极大，没有对手。有一天，曾生来，马子才就让他们较量较量。二位放开量喝，喝得非常痛快。从早晨一直喝到半夜。曾生烂醉如泥，靠在椅子上呼呼大睡。陶生站起，要回去睡觉，出门踩了菊花畦，一跤摔倒。马子才说："小心！"一看人没了，只有一堆衣裳落在地上，陶生就地化成一棵菊花，一人高，开着十几朵花，花都有拳大。马子才吓坏了，赶紧去告诉黄英。黄英赶来，把菊花拔起来，放倒在地上，说："怎么醉成这样！"拿起陶生的衣裳，把菊花盖住，对马子才说："走，别看！"到了天亮，马子才过去看看，只见陶生卧在菊畦边，睡得正美。

于是子才知道：这姐弟二人都是菊花精。

陶生已经露了行迹，也就不避子才，酒喝得越来越放纵。常常自己下个短帖，约曾生来共饮，二位酒友，成了莫逆。

二月十二，花朝。曾生着两个仆人抬了一坛百花酒，说："今天咱们把这坛酒都喝了！"一坛酒快完了，两人都还不太醉。马子才又偷偷往坛里续了几斤白酒。俩人又都喝了。曾生醉得不省人事，由仆人背回去了。陶生卧在地上，又化为菊花。马见惯不惊，就如法炮制，把菊花拔起来，守在旁边，看他怎么再变过来。等了很久，看见菊花叶子越来越憔悴，坏了！赶紧去告诉黄英，黄英一听："啊?!——你杀了我弟弟！"急急奔过来看，菊花根株已枯。黄英大哭，掐了还有点活气的菊花梗，埋在盆里，携入闺中，每天灌溉。

盆里的花渐渐萌发。九月，开了花，短干粉朵，闻闻，有酒香。浇以酒，则茂。

这个菊种，渐渐传开。种菊人给起了个名字，叫"醉陶"。

一年又一年，黄英也没有什么异状，只是她永远像二十来岁，永远不老。

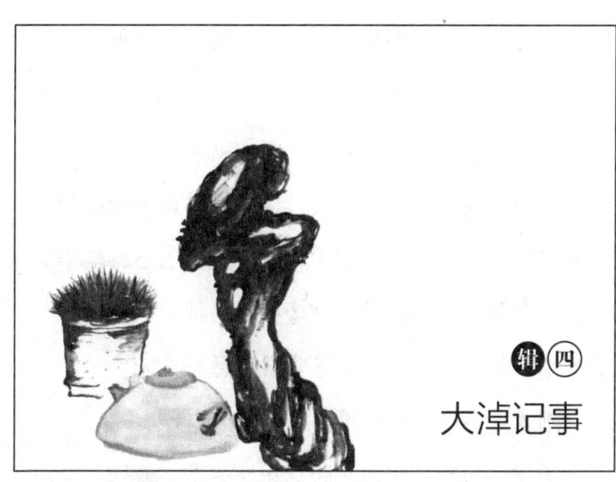

辑 四

# 大淖记事

## 01 鸡鸭名家

刚才那两个老人是谁？

父亲在洗刮鸭掌。每个跖蹼都掰开来仔细看过，是不是还有一丝泥垢、一片没有去尽的皮，就像在做一件精巧的手工似的。两副鸭掌白白净净，妥妥停停，排成一排。四只鸭翅，也白白净净，排成一排。很漂亮，很可爱。甚至那两个鸭肫，父亲也把它处理得极美。他用那把我小时就非常熟悉的角柄小刀从栗紫色当中闪着钢蓝色的一个微微凹处轻轻一划，一翻，里面的蕊黄色的东西就翻出来了。洗涮了几次，往鸭掌、鸭翅之间一放，样子很名贵，像一种珍奇的果品似的。我很有兴趣地看着他用洁白的然而男性的手，熟练地做着这样的事。我小时候就爱看他用他的手做这一类的事，就像我爱看他画画刻图章一样。我和父亲分别了十年，他的这双手我还是非常熟悉。

刚才那两个老人是谁？

鸭掌、鸭翅是刚从鸡鸭店里买来的。鸡鸭店全城似乎只有一家。小小一间铺面，干净而寂寞。门口挂着收拾好的白白净净的鸡鸭，很少有人买。我每回走过时总觉得有一种使人难忘的印象袭来。这家铺子有一种什么东西和别家不一样。好像这是一个古代的店铺。铺子在我舅舅家附近，出一个深巷高坡，上大街，拐角第一家便是。主人相貌奇古，一个非常大的鼻子，鼻子上有很多小洞，通红通红，十分鲜艳——一个酒糟鼻子。我从那个鼻子上认得了什么叫酒糟鼻子。没有人告诉过我，我无师自通，一看见就知道："酒糟鼻子！"我在外十年，时常会想起那个鼻子。刚才在鸡鸭店又想起了那个鼻子。现在那个鼻子的主人，那条斜阳古柳的巷子不知怎么样了……

那两个老人是谁？

一声鸡啼，一只金彩绚丽的大公鸡，一只很好看的鸡，在小院子里顾影徘徊，又高傲，又冷清。

那两个老人是谁呢，父亲跟他们招呼的，在江边的沙滩上？

街上回来，行过沙滩。沙滩上有人在分鸭子。四个男子汉站在一个大鸭圈里，在熙熙攘攘的鸭群里，一只一只，提着鸭脖子，看一看，分别丢在四边几个较小的圈里。他们看什么？——四个人都一色是短棉袄，下面皆系青布鱼裙。这一带，江南江北，依水而住，靠水吃水的人，卖鱼的，贩卖菱藕、芡实、芦柴、茭草的，都有这样一条裙子。系了这样一条大概宋朝就兴的布裙，戴上一顶瓦块毡帽，一看就知道是干什么行业的。——看的是鸭头，分别公母？母鸭下蛋，可能价钱卖得贵些？不对，鸭子上了市，多是卖给人吃，很少人家特为买了母鸭下蛋的。单是为了分别公母，弄两个大圈就行了，把公鸭赶到一边，剩下的不都是母鸭了，无须这么麻烦。是公是母，一眼不就看出来，得要那么提起来认一认吗？而且，几个圈里灰头绿头都有！——沙滩上安静极了，然而万籁有声，江流浩浩，飘忽着一种又积极又消沉的神秘的向往，一种广大而深微的呼吁，悠悠窅窅，悄怆感人。东北风。交过小雪了，真的入了冬了。可是江南地暖，虽已至“相逢不出手”的时候，身体各处却还觉得舒舒服服，饶有清兴，不很肃杀，天气微阴，空气里潮润润的。新麦，旧柳，抽了卷须的豌豆苗，散过了絮的蒲公英，全都欣然接受这点水汽。鸭子似乎也很满意这样的天气，显得比平常安静得多。虽被提着脖子，并不表示抗议。也由于那几个鸭贩子提的是地方，一提起，趁势就甩了过去，不致使它们痛苦。甚至那一甩还会使它们得到筋肉伸张的快感，所以往来走动，煦煦然很自得的样子。人多以为鸭子是很唠叨的动物，其实鸭子也有默处的时候。不过这样大一群鸭子而能如此雍雍雅雅，我还从未见过。它们今天早上大概都得到一顿饱餐了吧？——什么地方送来一阵煮大麦芽的气味，香得很。一定有人用长柄的大铲子在铜锅里慢慢搅和着，就要出糖。——是约约斤两，把新鸭和老鸭分开？也不对。这些鸭子都差不多大，全是当年的，生日不是四月下旬就是五月初，上下差不了几天，骡马看牙口，鸭子不是骡马，也看几岁口？看，也得叫鸭子张开嘴，而鸭子嘴全都闭得扁扁的。黄嘴也是扁扁的，绿嘴也是扁扁的。即使掰开来看，也看不出所以然呀，全都是一圈细锯齿，分不开牙多牙少。看的是嘴。看什么呢？哦，鸭嘴上有点东西，有一道一道印子，是刻出来的。有的一道，有的两道，有的刻一个十字叉叉。哦，这是记号！这一群鸭子不是一家养的。主人相熟，搭伙运过江来了，混在一起，搅乱了，现在再分开，以便各自出卖？对了，对了！不错！这个记号做得实在有道理。

江边风大，立久了究竟有点冷，走吧。

刚才运那一车鸡的两口子不知到了哪儿了。一板车的鸡，一笼一笼堆得很高。这些鸡是他们自己的，还是给别人家运的？我起初真有些不平，这个男人真岂有此理，怎么叫女人拉车，自己却提了两只分量不大的蒲包在后面踱方步！后来才知道，他的负担更重一些。这一带地不平，尽是坑！车子拉动了，并不怎么费力，陷在坑里要推上来可不易。这一下，够瞧的！车掉进坑了，他赶紧用肩膀顶住。然而一只轱辘怎么弄也上不来。跑过来两个老人（他们原来蹲在一边谈天）。老人之一捡了一块砖煞住后滑的轱辘，推车的男人发一声喊，车上来了！他接过女人为他拾回来的落到地下的毡帽，掸一掸草屑，向老人道了谢："难为了！"车子吱吱吜吜地拉过去，走远了。我忽然想起了两句《打花鼓》：

恩爱的夫妻，
槌不离锣。

这两句唱腔老是在我心里回旋。我觉得很凄楚。

这个记号做得实在很有道理。遍观鸭子全身，还有其他什么地方可以做记号的呢？不像鸡。鸡长大了，毛色各不相同，养鸡人都记得。在他们眼中，世界上没有两只同样的鸡。就是被人偷去杀了吃掉，剩下一堆毛，他认也认得清（《王婆骂鸡》中列举了很多鸡的名目，这是一部"鸡典"）。小鸡都差不多，养鸡的人家都在它们的肩翅之间染了颜色，或红或绿，以防走失。我小时颇不赞成，以为这很不好看。但人家养鸡可不是为了给我看的！鸭子麻烦，不能染色。小鸭子要下水，染了颜色，浸在水里，要褪。到一放大毛，则普天下的鸭子只有两种样子了：公鸭、母鸭。所有的公鸭都一样，所有的母鸭也都一样。鸭子养在河里，你家养，他家养，难免混杂。可以做记号的地方，一看就看出来的，只有那张嘴。上帝造鸭，没有想到鸭嘴有这个用处吧。小鸭子，嘴嫩嫩的，刻几道一定很容易。鸭嘴是角质，就像指甲，没有神经，刻起来不痛。刻过的嘴，一样吃东西，碎米、浮萍、小鱼、虾蜑、蛆虫……

鸭子们大概毫不在乎。不会有一只鸭子发现同伴的异样，呱呱大叫起来：“咦！老哥，你嘴上是怎么回事，雕了花了？”当初想出做这样记号的，一定是个聪明人。

然而那两个老人是谁呢？

鸭掌鸭翅已经下在砂锅里。砂锅咕嘟咕嘟响了半天了，汤的气味飘出来，快得了。碗筷摆了出来，就要吃饭了。

“那两个老人是谁？”

“怎么？——你不记得了？”

父亲这一反问教我觉得高兴：这分明是两个值得记得的人。我一问，他就知道问的是谁。

“一个是余老五。”

余老五！我立刻知道，是高高大大，广额方颡，一腮帮白胡子茬的那个——那个瘦瘦小小，目光精利，一小撮山羊胡子，头老是微微扬起，眼角带着一点嘲讽痕迹的，行动敏捷，不像是六十开外的人，是——

“陆长庚。”

“陆长庚？”

“陆鸭。”

陆鸭！这个名字我很熟，人不很熟，不像余老五似的是天天见得到的老街坊。

余老五是余大房炕房的师傅。他虽也姓余，炕房可不是他开的，虽然他是这个炕房里顶重要的一个人。老板和他同宗，但已经出了五服，他们之间只有东伙缘分，不讲亲戚情面。如果意见不合，东辞伙，伙辞东，都是可以的。说是老街坊，余大房离我们家还很有一段路。地名大淖，已经是附郭的最外一圈。大淖是一片大水，由此可至东北各乡及下河诸县。水边有人家处亦称大淖。这是个很动人的地方，风景人物皆有佳胜处。这里出入的，大多是戴瓦块毡帽系鱼裙的朋友。乘小船往北顺流而下，可以在垂杨柳、脆皮榆、茅棚、瓦屋之间，高爽地段，看到一座比较整齐的房子，两旁八字粉墙，几个黑漆大字，鲜明醒目；夏天门外多用芦席搭一凉棚，绿缸里渍着凉茶，任人取用；冬天照例有卖花生薄脆的孩子在门口踢毽子；树顶上飘着做会的纸幡或一串红绿灯笼的，那是“行”。一种是鲜货行，代客投牙买卖鱼虾水货、荸荠慈姑、山药芋艿、薏米鸡头，诸种杂物。一种是鸡鸭蛋行。鸡鸭蛋行旁边常常是一家炕房。炕房无字号，多称姓某几房，似颇有古意。其中余大房声誉最著，一直是最大的一家。

余老五成天没有什么事情，老看他在街上逛来逛去，到哪里都提了他那把奇大无比、细润发光的紫砂茶壶，坐下来就聊，一聊一半天。而且好喝酒，一天两顿，一顿四两。而且好管闲事。跟他毫无关系的事，他也要挤上来插嘴。而且声音奇大。这条街上茶馆酒肆里随时听得见他的喊叫一样的说话声音。不论是哪两家闹纠纷，吃“讲茶”评理，都有他一份。就凭他的大嗓门儿，别人只好退避三舍，叫他一个人说！有时炕房里有事，差个小孩子来找他，问人看见没有，答话的人常是说：“看没有看见，听倒听见的。再走过三家门面，你把耳朵竖起来，找不到，再来问我！”他一年闲到头，吃、喝、穿、用全不缺。余大房养他。只有每年春夏之间，看不到他的影子了。

多少年没有吃“巧蛋”了。巧蛋是孵小鸡孵不出来的蛋。不知什么道理，有些小鸡长不全，多半是长了一个头，下面还是一个蛋。有的甚至翅膀也有了，只是出不了壳。鸡出不了壳，是鸡生得笨，所以这种蛋也称“拙蛋”，说是小孩子吃不得，吃了书念不好。反过来改成“巧蛋”，似乎就可通融，念书的孩子也马马虎虎准许吃了。这东西很多人是不吃的。因为看上去使人身上发麻，想一想也怪不舒服，总之，吃这种东西很不高雅。很惭愧，我是吃过的，而且只好老实说，味道很不错。吃都吃过了，赖也赖不掉，想高雅也来不及了。——吃巧蛋的时候，看不见余老五了。清明前后，正是炕鸡子的时候；接着又得炕小鸭，四月。

蛋先得挑一挑。那是蛋行里人的责任。鸡鸭也有“种口”。哪一路的鸡容易养，哪一路的长得高大，哪一路的下蛋多，蛋行里的人都知道。生蛋收来之后，分别放置，并不混杂。分好后，剔一道，薄壳、过小、散黄、乱带、日久，全不要。——“乱带”是系着蛋黄的那道韧带断了，蛋黄偏坠到一边，不在正中悬着了。

再就是炕房师傅的事了。一间不透光的暗屋子，一扇门上开一个小洞，把蛋放在洞口，一眼闭，一眼睁，反复映看，谓之“照蛋”。第一次叫“头照”。头照是照“珠子”，照蛋黄中的胚珠，看是否受过精，用他们的说法，是“有”过公鸡或公鸭没有。没“有”过的，是寡蛋，出不了小鸡小鸭。照完了，这就“下炕”了。下炕后三四天，取出来再照，名为“二照”。二照照珠子“发饱”没有。头照很简单，谁都做得来。不用在门洞上，用手轻握如筒，把蛋放在底下，迎着亮光，转来转去，就看得出蛋黄里有没有晕晕的一个圆影子。二照要点功夫，胚珠是否隆起了一点，常常不易断定。珠子不饱的，要剔下来。二照剔下的蛋，可以照常拿到市上去卖，看不出是炕过的。二照之后，三照四照，隔几天一次。三四照后，蛋就变了。到知道炕里的蛋都在正常发育，就不再动它，静待出炕“上床”。

下了炕之后，不让人随便去看。下炕那天照例是猪头三牲，大香大烛，燃鞭放炮，磕头敬拜祖师菩萨，仪式十分庄严隆重。因为炕房一年就做一季生意，赚钱蚀本，就看这几天。因为父亲和余老五很熟，我随着他去看过。所谓“炕”，是一口一口缸，里头糊着泥和草，下面点着稻草和谷糠，不断用火烘着。火是微火，要保持一定的温度。太热了，一炕蛋全熟了，太小了，温度透不进蛋里去。什么时候加一点草、糠，什么时候撤掉一点，这是余老五的职分。那两天他整天不离一步。许多事情不用他自己动手。他只要不时看一看，吩咐两句，有下手徒弟照办。余老五这两天可显得重要极了，尊贵极了，也谨慎极了，还温柔极了。他话很少，说话声音也是轻轻的。他的神情很奇怪，总像在谛听着什么似的，怕自己轻轻咳嗽也会惊散这点声音似的。他聚精会神，身体各部全在一种沉湎、一种兴奋、一种极度的敏感之中。熟悉炕房情况的人，都说这行饭不容易吃。一炕下来，人要瘦一圈，像生了一场大病。吃饭睡觉都不能马虎一刻，前前后后半个多月！他也很少真正睡觉。总是躺在屋角一张小床上抽烟，或者闭目假寐，不时就着壶嘴喝一口茶，哑哑地说一句话。一样借以量度的器械都没有，就凭他这个人，一个精细准确而又复杂多方的“表”，不以形求，全以神遇，用他的感觉判断一切。炕房里暗暗的，暖洋洋的，潮濡濡的，笼罩着一种暧昧、缠绵的含情怀春似的异样感觉。余老五身上也有着一种“母性”。（母性！）他身体验着一个一个生命正在完成。

蛋炕好了，放在一张一张木架上，那就是“床”。床上垫着棉花。放上去，不多久，就“出”了：小鸡一个一个啄破蛋壳，啾啾叫起来。这些小鸡似乎非常急于用自己的声音宣告也证实自己已经活了。啾啾啾啾，叫成一片，热闹极了。听到这声音，老板心里就开了花。而余老五的眼皮一麻搭，已经沉沉睡去了。小鸡子在街上卖的时候，正是余老五呼呼大睡的时候。他得接连睡几天。——鸭子比较简单，连床也不用上；难的是鸡。

小鸡跟真正的春天一起来，气候也暖和了，花也开了。而小鸭子接着就带来了夏天。画“春江水暖鸭先知”的，往往画出黄毛小鸭。这是很自然的，然而季节上不大对。桃花开的时候小鸭还没有出来。小鸡小鸭都放在浅扁的竹笼里卖。一路走，一路啾啾地叫，好玩极了。小鸡小鸭都很可爱。小鸡娇弱伶仃，小鸭傻气而固执。看它们在竹笼里挨挨挤挤，蹿蹿跳跳，令人感到生命的欢悦。捉在手里，那点轻微的挣扎搔挠，使人心中怦怦然，胸口痒痒的。

余大房何以生意最好？因为有一个余老五。余老五是这行的状元。余老五何以是状元？他炕出来的鸡跟别家的摆在一起，来买的人一定买余老五炕出的鸡，他的鸡特别大。刚刚出炕的小鸡照理是一般大小，上戥子称，分量差不多，但是看上去，他的小鸡要大一圈！那就好看多了，当然有人买。怎么能大一圈呢？他让小鸡的绒毛都出足了。鸡蛋下了炕，几十个时辰。可以出炕了，别的师傅都不敢等到最后的限度，生怕火功水汽错一点，一炕蛋整个地废了，还是稳一点。想等，没那个胆量。余老五总要多等一个半个时辰。这一个半个时辰是最吃紧的时候，半个多月的功夫就要在这一会儿见分晓。余老五也疲倦到了极点，然而他比平常更警醒，更敏锐。他完全变了一个人。眼睛塌陷了，连颜色都变了，眼睛的光彩近乎疯狂。脾气也大了，动不动就恼怒，简直碰他不得，专断极了，顽固极了。很奇怪，他这时倒不走近火炕一步，只是半倚半靠在小床上抽烟，一句话也不说。木床、棉絮，一切都准备好了。小徒弟不放心，轻轻来问一句："起了吧？"摇摇头。——"起了吧？"还是摇摇头，只管抽他的烟。这一会儿正是小鸡放绒毛的时候，这是神圣的一刻。忽而作然而起："起！"徒弟们赶紧一窝蜂似的取出来，简直是才放上床，小鸡就啾啾啾啾纷纷出来了。余老五自掌炕以来，从未误过一回事，同行中无不赞叹佩服。道理是谁也知道的，可是别人得不到他那种坚定不移的信心。这是才分，是学问，强求不来。

余老五炕小鸭亦类此出色。至于照蛋、煨火，是尤其余事了。

因此他才配提了紫砂茶壶到处闲聊，除了掌炕，一事不管。人说不是他吃老板，是老板吃着他。没有余老五，余大房就不成其为余大房了，没有余大房，余老五仍是一个余老五。什么时候，他前脚跨出那个大门，后脚就有人替他把那把紫砂壶接过去。每一家炕房随时都在等着他。每年都有人来跟他谈的，他都用种种方法回绝了。后来实在麻烦不过，他就半开玩笑似的说："对不起，老板连坟地都给我看好了！"

父亲说，后来余大房当真在泰山庙后，离炕房不远处，给他找了一块坟地。附近有一片矮松林，我们小时常上那里放风筝。蚕豆花开得闹嚷嚷的，斑鸠在叫。

余老五高高大大，方肩膀，方下巴，到处方。陆长庚瘦瘦小小，小头，小脸。八字眉。小小的眼睛，不停地眨动。嘴唇秀小微薄而柔软。他是一个农民，举止言词都像一个农民，安分、卑屈。他的眼睛比一般农民要少一点惊惶，但带着更深的绝望。他不像余老五那样有酒有饭，有寄托，有保障。他是个倒霉的人。他的脸小，可是脸上的纹路比余老五杂乱，写出更多的人生。他有太多没有说出来的俏皮笑话，太多没有浪费的风情，他没有爱抚，没有安慰，没有吐气扬眉，没有……他是个很聪明的人，乡下的活计没有哪一件难得倒他。许多活计，他看一看就会，想一想就明白。他是窑庄一带的能人，是这一带茶坊酒肆、豆棚瓜架的一个点缀，一个谈话的题目。可是他的运气不好，干什么都不成功。日子越过越穷，他也就变得自暴自弃，变得懒散了。他好喝酒，好赌钱，像一个不得意的才子一样，潦倒了。我父亲知道他的本事，完全是偶然；他表演了那么一回，也是偶然！

母亲故世之后，父亲觉得很寂寞无聊。母亲葬在窑庄。窑庄有我们的一块地。这块地一直没有收成，沙性很重，种稻种麦，都不相宜，只能种一点豆子，长草。北乡这种瘦地很多，叫作“草田”。父亲想把它开辟成一个小小农场，试种果树、棉花。把庄房收回来，略事装修，他平日就住在那边，逢年过节才回家。我那时才六岁，由一个老奶妈带着，在舅舅家住。有时老奶妈送我到窑庄来住几天。我很少下乡，很喜欢到窑庄来。

我又来了！父亲正在接枝。用来削切枝条的，正是这把拾掇鸭肫的角柄小刀。这把刀用了这么多年了，还是刀刃若新发于硎。正在这时，一个长工跑来了：“三爷，鸭都丢了！”

佃户和长工一向都叫我父亲为“三爷”。

“怎么都丢了？”

这一带多河沟港汊，出细鱼细虾，是个适于养鸭的地方。有好几家养过鸭。这块地上的老佃户叫倪二，父亲原说留他。他不干，他不相信从来没有结过一个棉桃的地方会长出棉花。他要退租。退租怎么维生？他要养鸭。从来没有养过鸭，这怎么行？他说他帮过人，懂得一点。没有本钱，没有本钱想跟三爷借。父亲觉得让他种了多年草田，应该借给他钱。不过很替他担心。父亲也托他买了一百只小鸭，由他代养。事发生手，他居然把一趟鸭养得不坏。棉花也长出来了。

“倪二，你不相信我种得出棉花，我也不相信你养得好鸭子。现在地里一朵一朵白的，那是什么？”

“是棉花。河里一只一只肥的，是——鸭子！”

每天早晚，站在庄头，在沉沉雾霭、淡淡金光中，可以看到他喳喳叱叱赶着一大群鸭子经过荡口，父亲常常要摇头：“还是不成，不‘像’！这些鸭跟他还不熟。照说，都就要卖了，那根赶鸭用的篙子就不大动了，可你看他那忙乎劲儿！”

倪二没有听见父亲说什么，但是远远地看到（或感觉到）父亲在摇头，他不服，他舞着竹篙，说：“三爷，您看！”

他的意思是说，就要到八月中秋了，这群鸭子就可以赶到南京或镇江的鸭市上变钱。今年鸡鸭好行市。到那时三爷才佩服倪二，知道倪二为什么要改行养鸭！

放鸭是很苦的事。问放鸭人，顶苦的是什么？“冷清。”放鸭和种地不一样。种地不是一个人，撒种、车水、薅草、打场，有歌声，有锣鼓，呼吸着人的气息。养鸭是一种游离，一种放逐，一种流浪。一大清早，天才露白，撑一个浅扁小船，仅容一人，叫作“鸭撇子”，手里一根竹篙，篙头系着一把稻草或破蒲扇，就离开村庄，到茫茫的水里去了。一去一天，到天擦黑了，才回来。下雨天穿蓑衣，太阳大戴个笠子，天凉了多带一件衣服。“连一个说话的人都没有。”远远地，偶尔可以听到远远地一两声人声，可是眼前只是一群扁毛畜生。有人爱跟牛、羊、猪说话。牛羊也懂人话。要跟鸭子谈谈心可是很困难。这些东西只会呱呱地叫，不停地用它的扁嘴呷喋呷喋地吃。

可是，鸭子肥了，倪二喜欢。

前两天倪二说，要把鸭子赶去卖了。他算了算，刨去行佣、卡钱，连底三倍利。就要赶，问父亲那一百只鸭怎么说，是不是一起卖。今天早上，父亲想起留三十只送人，叫一个长工到荡里去告诉倪二。

“鸭都丢了！”

倪二说要去卖鸭，父亲问他要不要请一个赶过鸭的行家帮一帮，怕他一个人应付不了。运鸭，不像运鸡。鸡是装了笼的。运鸭，还是一只小船，船上装着一大卷鸭圈、干粮、简单的行李，人在船，鸭在水，一路迤迤逦逦地走。鸭子路上要吃活食，小鱼小虾，运到了，才不落膘掉斤两，精神好看。指挥鸭阵，划撑小船，全凭一根篙子。一程十天半月。经过长江大浪，也只是一根竹篙。晚上，找一个沙洲歇一歇，这赶鸭是个险事，不是外行冒充得来的。

“不要！”

他怕父亲再建议他请人帮忙，留下三十只鸭，偷偷地一早把鸭赶过荡，准备过白莲湖，沿漕河，过江。

长工一到荡口，问人：“倪二呢？”

“倪二在白莲湖里。你赶快去看看。叫三爷也去看看。一趟鸭子全散了！”

“散了”，就是鸭子不服从指挥，各自为政，四散逃窜，钻进芦丛里去了，而且再也不出来。这种事过去也发生过。

白莲湖是一口不大的湖，离窑庄不远。出菱，出藕，藕肥白少渣。二五八集期，父亲也带我去过。湖边港汊甚多，密密地长着芦苇。新芦苇很高了，黑森森的。莲蓬已经采过了，荷叶的颜色也发黑了。人过时常有翠鸟冲出，翠绿的一闪，快如疾箭。

小船浮在岸边，竹篙横在船上，倪二呢？坐在一家晒谷场的石辘轴上，手里的瓦块毡帽攥成了一团，额头上破了一块皮。几个人围着他。他好像老了十年。他疲倦了。一清早到现在，现在已经是下午了，他跟鸭子奋斗了半日。他一定还没有吃过饭。他的饭在一个布口袋里——一袋老锅巴。他木然地坐着，一动不动，不时把脑袋抖一抖，倒像受了震动。——他的脖子里有好多道深沟，一方格一方格的。颜色真红，好像烧焦了似的。老那么坐着，脚恐怕要麻了。他的脚显出一股傻相。

父亲叫他：“倪二。”

他像个孩子似的哭起来。

怎么办呢？

围着的人说：“去找陆长庚，他有法子。”

“哎，除非陆长庚。”

“只有老陆，陆鸭。”

陆长庚在哪里？

“多半在桥头茶馆。”

桥头有个茶馆，是为鲜货行客人、蛋行客人、陆陈行客人谈生意而设的。区里、县里来了什么大人物，也请在这里歇脚。卖清茶，也代卖纸烟、针线、香烛纸祃、鸡蛋糕、芝麻饼、七厘散、紫金锭、菜种、草鞋、写契的契纸、小绿颖毛笔、金不换黑墨、何通记纸牌……总而言之，日用所需，应有尽有。这茶馆照例又是闲散无事人聚赌耍钱的地方。茶馆里备有一副麻将牌（这副麻将牌丢了一张红中，是后配的）、一副牌九。推牌九时下旁注的比坐下拿牌的多，站在后面呼幺喝六，呐喊助威。船从桥头过，远远地就看到一堆兴奋忘形的人头人手。船过去，还听得吼叫："七七八八——不要九！"——"天地遇虎头，越大越封侯！"常在后面斜着头看人赌钱的，有人指给我们看过，就是陆长庚，这一带放鸭的第一把手，诨号陆鸭，说他跟鸭子能通话，他自己就是一只成了精的老鸭。——瘦瘦小小，神情总是在发愁。他已经多年不养鸭了，现在见到鸭就怕。

"不要你多，十五块洋钱。"

赌钱的人听到这个数目都捏着牌回过头来："十五块！"十五块在从前很是一个数目了。他们看看倪二，又看看陆长庚。这时牌九桌上最大的赌注是一吊钱三三四，天之九吃三道。

说了半天，讲定了，十块钱。他不慌不忙，看一家地杠通吃，红了一庄，方去。

"把鸭圈拿好。倪二，赶鸭子进圈，你会的？我把鸭子吆上来，你就赶。鸭子在水里好弄，上了岸，七零八落的不好捉。"

这十块钱赚得太不费力了！拈起那根篙子（还是那根篙，他拈在手里就是样儿），把船撑到湖心，人扑在船上，把篙子平着，在水上扑打了一气，嘴里啧啧啧咕咕咕不知道叫点什么，嗬！——都来了！鸭子四面八方，从芦苇缝里，好像来争抢什么东西似的，拼命地拍着翅膀，挺着脖子，一起奔向他那里小船的四周来。本来平静辽阔的湖面，骤然热闹起来，一湖都是鸭子。不知道为什么，高兴极了，喜欢极了，放开喉咙大叫："呱呱呱呱呱……"不停地把头没进水里，爪子伸出水面乱划，翻来翻去，像一个一个小疯子。岸上人看到这情形都忍不住大笑起来。倪二也抹着鼻涕笑了。看看差不多到齐了，篙子一抬，嘴里曼声唱着，鸭子马上又安静了，文文雅雅，摆摆摇摇，向岸边游来，舒闲整齐有致。兵法：用兵第一贵"和"。这个"和"字用来形容这些鸭子，真是再恰当不过了。他唱的不知是什么，仿佛鸭子都爱听，听得很入神，真怪！

这个人真是有点魔法。

"一共多少只？"

"三百多。"

"三百多少？"

"三百四十二。"

他拣一个高处，四面一望。

"你数数。大概不差了。——嗨！你这里头怎么来了一只老鸭？"

"没有，都是当年的。"

"是哪家养的老鸭教你裹来了！"

倪二分辩。分辩也没用。他一伸手捞住了。

"它屁股一撅，就知道。新鸭子拉稀屎，过了一年的，才硬。鸭肠子搭头的那儿有一个小箍道，老鸭子就长老了。你看看！裹了人家的老鸭还不知道，就知道多了一只！”

倪二只好笑。

“我不要你多，只要两只。送不送由你。”

怎么小气，也没法儿不送他。他已经到鸭圈子提了两只，一手一只，拎了一拎。

“多重？”

他问人。

“你说多重？”

人问他。

“六斤四——这一只，多一两，六斤五。这一趟里顶肥的两只。”

“不相信。一两之差也分得出，就凭手拎一拎？”

“不相信？不相信拿秤来称。称得不对，两只鸭算你的；对了，今天晚上上你家喝酒。”

到茶馆里借了秤来，称出来，一点都不错。

“拎都不用拎，凭眼睛，说得出这一趟鸭一个一个多重。不过先得大叫一声。鸭身上有毛，毛蓬松着看不出来，得惊它一惊。一惊，鸭毛就紧了，贴在身上了，这就看得哪只肥、哪只瘦。晚上喝酒了，茶馆里会。不让你费事，鸭杀好。”

他刀也不用，一指头往鸭子三岔骨处一捣，两只鸭挣扎都不挣扎，就死了。

“杀的鸭子不好吃。鸭子要吃呛血的，肉才不老。”

什么事都轻描淡写，毫不装腔作势。说话自然也流露出得意，可是得意中又还有一种对于自己的嘲讽。这是一点本事。可是人最好没有这点本事。他正因为有这些本事，才种种不如别人。他放过多年鸭，到头来连本钱都蚀光了。鸭瘟。鸭子瘟起来不得了。只要看见一只鸭子摇头，就完了。这不像鸡。鸡瘟还有救，灌一点胡椒、香油，能保住几只。鸭，一个摇头，个个摇头，不大一会儿，都不动了。好几次，一趟鸭子放到荡里，回来时就剩自己一个人了。看着死，毫无办法。他发誓，从此不再养鸭。

“倪老二，你不要肉疼，十块钱不白要你的，我给你送到。今天晚了，你把鸭圈起来过一夜。明天一早我来。三爷，十块钱赶一趟鸭，不算顶贵噢？”

他知道这十块钱将由谁来出。

当然，第二天大早来时他仍是一个陆长庚：一夜“七戳五在手”，输得光光的。

“没有！还剩一块！”

这两个老人怎么会到这个地方来呢？他们的光景过得怎么样了呢？

一九四七年初，写于上海

载一九四八年第六卷第三期《文艺春秋》

## 02 异秉

王二是这条街的人看着他发达起来的。

不知从什么时候起，他就在保全堂药店廊檐下摆一个熏烧摊子。“熏烧”就是卤味。他下午来，上午在家里。

他家在后街濒河的高坡上，四面不挨人家。房子很旧了，碎砖墙，草顶泥地，倒是不仄逼，也很干净，夏天很凉快。一共三间。正中是堂屋，在“天地君亲师”的下面便是一具石磨。一边是厨房，也就是作坊。一边是卧房，住着王二的一家。他上无父母，嫡亲的只有四口人，一个媳妇、一儿一女。这家总是那么安静，从外面听不到什么声音。后街的人家总是吵吵闹闹的。男人揪着头发打老婆，女人拿火叉打孩子，老太婆用菜刀剁着砧板诅咒偷了她的下蛋鸡的贼。王家从来没有这些声音。他们家起得很早。天不亮王二就起来备料，然后就烧煮。他媳妇梳好头就推磨磨豆腐。——王二的熏烧摊每天要卖出很多回卤豆腐干，这豆腐干是自家做的。磨得了豆腐，就帮王二烧火。火光照得她的圆盘脸红红的。（附近的空气里弥漫着王二家飘出的五香味。）后来王二喂了一头小毛驴，她就不用围着磨盘转了，只要把小驴牵上磨，不时往磨眼里倒半碗豆子，注一点水就行了。省出时间，好做针线。一家四口，大裁小剪，很费工夫。两个孩子，大儿子长得像妈，圆乎乎的脸，两个眼睛笑起来一道缝。小女儿像父亲，瘦长脸，眼睛挺大。儿子念了几年私塾，能记账了，就不念了。他一天就是牵了小驴去饮，放它到草地上去打滚。到大了一点，就帮父亲洗料备料做生意，放驴的差事就归了妹妹了。

每天下午，在上学的孩子放学，人家淘晚饭米的时候，他就来摆他的摊子。他为什么选中保全堂来摆他的摊子呢？是因为这地点好，东街西街和附近几条巷子到这里都不远；因为保全堂的廊檐宽，柜台到铺门有相当的余地；还是因为这是一家药店，药店到晚上生意就比较清淡——很少人晚上上药铺抓药的，他摆个摊子碍不着人家的买卖，都说不清。当初还一定是请人向药店的东家说了好话，亲自登门叩谢过的。反正，有年头了。他的摊子的全副“生财”——这地方把做买卖的用具叫作“生财”，就寄放在药店店堂的后面过道里，挨墙放着，上面就是悬在二梁上的赵公元帅的神龛，这些“生财”包括两块长板，两条三条腿的高板凳（这种高凳一边两条腿，在两头；一边一条腿在当中），以及好几个一面装了玻璃的匣子。他把板凳支好，长板放平，玻璃匣子排开。这些玻璃匣子里装的是黑瓜子、白瓜子、盐炒豌豆、油炸豌豆、兰花豆、五香花生米，长板的一头摆开“熏烧”。“熏烧”除回卤豆腐干之外，主要是牛肉、蒲包肉和猪头肉。这地方一般人家是不大吃牛肉的。吃，也极少红烧、清炖，只是到熏烧摊子去买。这种牛肉是五香加盐煮好，外面染了通红的红曲，一大块一大块地堆在那里。买多少，现切，放在送过来的盘子里，抓一把青蒜，浇一勺辣椒糊。蒲包肉似乎是这个县里特有的。用一个三寸来长直径寸半的蒲包，里面衬上豆腐皮，塞满了加了粉子的碎肉，封了口，拦腰用一道麻绳系紧，成一个葫芦形。煮熟以后，倒出来，也是一个带有蒲包印迹的葫芦。切成片，很香。猪头肉则分门别类地卖，拱嘴、耳朵、脸子——脸子有个专门名词，叫“大肥”。要什么，切什么。到了上灯以后，王二的生意就到了高潮。只见他拿了刀不停地切，一面还忙着收钱，包油炸的、盐炒的豌豆、瓜子，很少有歇一歇的时候。一直忙到九点多钟，在他的两盏高罩的煤油灯里煤油已经点去了一多半，装熏烧的盘子和装豌豆的匣子都已经见了底的时候，他媳妇给他送饭来了，他才用热水擦一把脸，吃晚饭。吃完晚饭，总还有一些零零星星的生意，他不忙收摊子，就端了一杯热茶，坐到保全堂店堂里的椅子上，听人聊天，一面拿眼睛瞟着他的摊子，见有人走来，就起身切一盘，包两包。他的主顾都是熟人，谁什么时候来，买什么，他心里都是有数的。

这一条街上的店铺、摆摊的，生意如何，彼此都很清楚。近几年，景况都不大好。有几家好一些，但也只是能维持。有的是逐渐地败落下来了。先是货架上的东西越来越空，只出不进，最后就出让"生财"，关门歇业。只有王二的生意却越做越兴旺。他的摊子越摆越大，装炒货的匣子，装熏烧的洋瓷盘子，越来越多。每天晚上到了买卖高潮的时候，摊子外面有时会拥着好些人。好天气还好，遇上下雨下雪（下雨下雪买他的东西的比平常更多），叫主顾在当街打伞站着，实在很不过意。于是经人说合，出了租钱，他就把他的摊子搬到隔壁源昌烟店的店堂里去了。

源昌烟店是个老名号，专卖旱烟，做门市，也做批发。一边是柜台，一边是刨烟的作坊。这一带抽的旱烟是刨成丝的。刨烟师傅把烟叶子一张一张立着叠在一个特制的木床子上，用皮绳木楔卡紧，两腿夹着床子，用一个刨刃有半尺宽的大刨子刨。烟是黄的。他们都穿了白布套裤。这套裤也都变黄了。下了工，脱了套裤，他们身上也到处是黄的。头发也是黄的。——手艺人都带着他那个行业特有的颜色。染坊师傅的指甲缝里都是蓝的，碾米师傅的眉毛总是白蒙蒙的。原来，源昌号每天有四个师傅、四副床子刨烟。每天总有一些大人孩子站在旁边看。后来减成三个，两个，一个。最后连这一个也辞了。这家的东家就靠卖一点纸烟、火柴、零包的茶叶维持生活，也还卖一点趸来的旱烟、皮丝烟。不知道为什么，原来挺敞亮的店堂变得黑暗了，牌匾上的金字也都无精打采了。那座柜台显得特别的大。大，而空。

王二来了，就占了半边店堂，就是原来刨烟师傅刨烟的地方。他的摊子原来在保全堂廊檐是东西向横放着的，迁到源昌，就改成南北向，直放了。所以，已经不能算是一个摊子，而是半个店铺了。他在原有的板子之外增加了一块，摆成一个曲尺形，俨然也就是一个柜台。他所卖的东西的品种也增加了。即以熏烧而论，除了原有的回卤豆腐干、牛肉、猪头肉、蒲包肉之外，春天，卖一种叫作“鵽”的野味——这是一种候鸟，长嘴长脚，因为是桃花开时来的，不知是哪位文人雅士给它起了一个名称叫“桃花鵽”；卖鹌鹑；入冬以后，他就挂起一个长条形的玻璃镜框，里面用大红蜡笺写了泥金字：“即日起新添美味羊羔五香兔肉”。这地方人没有自己家里做羊肉的，都是从熏烧摊上买。只有一种吃法：带皮白煮，冻实，切片，加青蒜、辣椒糊，还有一把必不可少的胡萝卜丝（据说这是最能解膻气的）。酱油、醋，买回来自己加。兔肉，也像牛肉似的加盐和五香煮，染了通红的红曲。

这条街上过年时的春联是各式各样的。有的是特制嵌了字号的。比如保全堂，就是由该店拔贡出身的东家拟制的“保我黎民，全登寿域”；有些大字号，比如布店，口气很大，贴的是“生涯宗子贡，贸易效陶朱”，最常见的是“生意兴隆通四海，财源茂盛达三江”；小本经营的买卖的则很谦虚地写出“生意三春草，财源雨后花”。这么一副春联，用于王二的超摊子准铺子，真是再贴切不过了，虽然王二并没有想到贴这样一副春联——他也没处贴呀，这铺面的字号还是“源昌”。他的生意真是三春草、雨后花一样地起来了。“起来”最显眼的标志是他把长罩煤油灯撤掉，挂起一盏呼呼作响的汽灯。须知，汽灯这东西只有钱庄、绸缎庄才用，而王二，居然在一个熏烧摊子的上面挂起来了。这白亮白亮的汽灯，越显得源昌柜台里的一盏煤油灯十分的暗淡了。

王二的发达，是从他的生活也看得出来的。第一，他可以自由地去听书。王二最爱听书。走到街上，在形形色色招贴告示中间，他最注意的是说书的报条。那是三寸宽、四尺来长的一条黄颜色的纸，浓墨写道：“特聘维扬×××先生在×××（茶馆）开讲××（《三国》《水浒》《岳飞传》……）是月×日起风雨无阻”。以前去听书都要经过考虑。一是花钱，二是费时间，更主要的是考虑这于他的身份不大相称：一个卖熏烧的，常常听书，怕人议论。近年来，他觉得可以了，想听就去。小蓬莱、五柳园（这都是说书的茶馆），都去，《三国》《水浒》《岳飞传》都听。尤其是夏天，天长，穿了竹布的或夏布的长衫，拿了一吊钱，就去了。下午的书一点开书，不到四点钟就“明日请早”了（这里说书的规矩是在说书先生说到预定的地方，留下一个扣子，跑堂的茶房高喝一声“明日请早——”，听客们就纷纷起身散场），这耽误不了他的生意。他一天忙到晚，只有这一段时间得空。第二，过年推牌九，他在下注时不犹豫。王二平常绝不赌钱，只有过年赌五天。过年赌钱不犯禁，家家店铺里都可赌钱。初一起，不做生意，铺门关起来，里面黑洞洞的。保全堂柜台里身，有一个小穿堂，是供神农祖师的地方，上面有个天窗，比较亮堂。拉开神农画像前的一张方桌，哗啦一声，骨牌和骰子就倒出来了。打麻将多是社会地位相近的，推牌九则不论，谁都可以来。保全堂的“同仁”（除了陶先生和陈相公），替人家收房钱的抡元，卖活鱼的疤眼——他曾得外症，治愈后左眼留一大疤，小学生给他起了个外号叫“巴颜喀拉山”，这外号竟传开了，一街人都叫他巴颜喀拉山，虽然有人不知道这是什么意思——王二。输赢说大不大，说小可也不少。十吊钱推一庄。十吊钱相当于三块洋钱。下注稍大的是一吊钱三三四，一吊钱分三道：三百、三百、四百。七点赢一道，八点赢两道，若是抓到一副九点或是天地杠，庄家赔一吊钱。王二下“三三四”是常事。有时竟会下到五吊钱一注孤丁，把五吊钱稳稳地推出去，心不跳，手不抖。（收房钱的抡元下到五百钱一注时手就抖个不住。）赢得多了，他也能上去推两庄。推牌九这玩意儿，财越大，气越粗，王二输的时候竟不多。

王二把他的买卖乔迁到隔壁源昌去了，但是每天九点以后他一定还是端了一杯茶到保全堂店堂里来坐个点把钟。儿子大了，晚上再来的零星生意，他一个人就可以应付了。

且说保全堂。

这是一家门面不大的药店。不知为什么，这药店的东家用人，不用本地人，从上到下，从管事的到挑水的，一律是淮城人。他们每年有一个月的假期，轮流回家，去干传宗接代的事。其余十一个月，都住在店里。他们的老婆就守十一个月的寡。药店的“同仁”，一律称为“先生”。先生里分为几等。一等的是“管事”，即经理。当了管事就是终身职务，很少听说过有东家把管事辞了的。除非老管事病故，才会延聘一位新管事。当了管事，就有“身股”，或称“人股”，到了年底可以按股分红。因此，他对生意是兢兢业业，忠心耿耿的。东家从不到店，管事负责一切。他照例一个人单独睡在神农像后面的一间屋子里，名叫“后柜”。总账、银钱，贵重的药材如犀角、羚羊、麝香，都锁在这间屋子里，钥匙在他身上——人参、鹿茸不算什么贵重东西。吃饭的时候，管事总是坐在横头末席，以示代表东家奉陪诸位先生。熬到“管事”能有几人？全城一共才有那么几家药店。保全堂的管事姓卢。二等的叫“刀上”，管切药和“跌”丸药。药店每天都有很多药要切“饮片”，切得整齐不整齐、漂亮不漂亮，直接影响生意好坏。内行人一看，就知道这药是什么人切出来的。“刀上”是个技术人员，薪金最高，在店中地位也最尊。吃饭时他照例坐在上首的二席——除了有客，头席总是虚着的。逢年过节，药王生日（药王不是神农氏，却是孙思邈），有酒，管事的举杯，必得“刀上”先喝一口，大家才喝。保全堂的“刀上”是全县头一把刀，他要是闹脾气辞职，马上就有别家抢着请他去。好在此人虽有点高傲，有点倔，却轻易不发脾气。他姓许。其余的都叫“同事”。那读法却有点特别，重音在“同”字上。他们的职务就是抓药、写账。“同事”是没有什么了不起的，每年都有被辞退的可能。辞退时“管事”并不说话，只是在腊月有一桌辞年酒，算是东家向“同仁”道一年的辛苦，只要是把哪位“同事”请到上席去，该“同事”就二话不说，客客气气地卷起铺盖另谋高就。当然，事前就从旁漏出一点风声的，并不当真是打一闷棍。该辞退“同事”在八月节后就有预感。有的早就和别家谈好，很潇洒地走了；有的则请人斡旋，留一年再看。后一种，总要做一点“检讨”，下一点“保证”。“回炉的烧饼不香”，辞而不去，面上无光，身价就低了。保全堂的陶先生，就已经有三次要被请到上席了。他咳嗽痰喘，人也不精明。终于没有坐上席，一则是同行店伙纷纷来说情：辞了他，他上谁家去呢？谁家会要这样一个痰篓子呢？这岂非绝了他的生计？二则，他还有一点好处，即不回家。他四十多岁了，却没有传宗接代的任务，因为他没有娶过亲。这样，陶先生就只有更加勤勉，更加谨慎了。每逢他的喘病发作时，有人问：“陶先生，你这两天又不大好吧？”他就一面喘嗽着一面说：“啊，不，很好，很（呼噜呼噜）好！”

以上，是“先生”一级。“先生”以下，是学生意的。药店管学生意的却有一个奇怪称呼，叫作“相公”。

因此，这药店除煮饭挑水的之外，实有四等人：“管事”“刀上”“同事”“相公”。

保全堂的几位“相公”都已经过了三年零一节，满师走了。现有的“相公”姓陈。

陈相公脑袋大大的，眼睛圆圆的，嘴唇厚厚的，说话声气粗粗的——呜噜呜噜地说不清楚。

他一天的生活如下：起得比谁都早。起来就把“先生”们的尿壶都倒了涮干净控在厕所里。扫地。擦桌椅、擦柜台。到处掸土。开门。这地方的店铺大都是“铺闼子门”[①]——一列宽可一尺的厚厚的门板嵌在门框和门槛的槽子里。陈相公就一块一块卸出来，按“东一”“东

---

① 这地方店铺的门一般都是一块一块狭长的门板，上在门槛的槽里，称为“铺闼子”。

二”“东三”“东四”“西一”“西二”“西三”“西四”次序，靠墙竖好。晒药，收药。太阳出来时，把许先生切好的“饮片”、“跌”好的丸药——都放在匾筛里，用头顶着，爬上梯子，到屋顶的晒台上放好；傍晚时再收下来。这是他一天最快乐的时候。他可以登高四望。看得见许多店铺和人家的房顶，都是黑黑的。看得见远处的绿树、绿树后面缓缓移动的帆。看得见鸽子，看得见飘动摇摆的风筝。到了七月，傍晚，还可以看巧云。七月的云多变幻，当地叫作“巧云”。那是真好看呀：灰的、白的、黄的、橘红的，镶着金边，一会儿一个样，像狮子的、像老虎的、像马的、像狗的。此时的陈相公，真是古人所说的“心旷神怡”。其余的时候，就很刻板枯燥了。碾药。两脚踏着木板，在一个船形的铁碾槽子里碾。倘若碾的是胡椒，就要不停地打喷嚏。裁纸。用一个大弯刀，把一沓一沓的白粉连纸裁成大小不等的方块，包药用。刷印包装纸。他每天还有两项例行的公事。上午，要搓很多抽水烟用的纸枚子。把装铜钱的钱板翻过来，用“表心纸”一根一根地搓。保全堂没有人抽水烟，但不知什么道理每天都要搓许多纸枚子，谁来都可取几根，这已经成了一种“传统”。下午，擦灯罩。药店里里外外，要用十来盏煤油灯。所有灯罩，每天都要擦一遍。晚上，摊膏药。从上灯起，直到王二过店堂里来闲坐，他一直都在摊膏药。到十点多钟，把先生们的尿壶都放到他们的床下，该吹灭的灯都吹灭了，上了门，他就可以准备睡觉了。先生们都睡在后面的厢屋里，陈相公睡在店堂里。把铺板一放，铺盖摊开，这就是他一个人的天地了。临睡前他总要背两篇《汤头歌诀》——药店的先生总要懂一点医道。小户人家有病不求医，到药店来说明病状，先生们随口就要说出“吃一剂小柴胡汤吧”“服三副霍香正气丸”“上一点七厘散”。有时，坐在被窝里想一会儿家，想想他的多年守寡的母亲，想想他家房门背后的一张贴了多年的麒麟送子的年画。想不一会儿，困了，把脑袋放倒，立刻就响起了很大的鼾声。

陈相公已经学了一年多生意了。他已经给赵公元帅和神农爷烧了三十次香。初一、十五，都要给这二位烧香，这照例是陈相公的事。赵公元帅手执金鞭，身骑黑虎，两旁有一副八寸长的黑地金字的小对联：“手执金鞭驱宝至，身骑黑虎送财来。”神农爷虬髯披发，赤身露体，腰里围着一圈很大的树叶，手指甲、脚指甲都很长，一只手捏着一棵灵芝草，坐在一块石头上。陈相公对这二位看得很熟，烧香的时候很虔敬。

陈相公老是挨打。学生意没有不挨打的，陈相公挨打的次数也似稍多了一点。挨打的原因大都是因为做错了事：纸裁歪了，灯罩擦破了。这孩子也好像不大聪明，记性不好，做事迟钝。打他的多是卢先生。卢先生不是暴脾气，打他是为他好，要他成人。有一次可挨了大打。他收药，下梯一脚踩空了，把一匾筛泽泻翻到了阴沟里。这回打他的是许先生。他用一根闩门的木棍没头没脸地把他痛打了一顿，打得这孩子哇哇地乱叫：“哎呀！哎呀！我下回不了！下回不了！哎呀！哎呀！我错了！哎呀！哎呀！”谁也不能去劝，因为知道许先生的脾气，越劝越打得凶，何况他这回的错是不小（泽泻不是贵药，但切起来很费工，要切成厚薄一样，状如铜钱的圆片）。后来还是煮饭的老朱来劝住了。这老朱来得比谁都早，人又出名的忠诚耿直。他从来没有正经吃过一顿饭，都是把大家吃剩的残汤剩水泡一点锅巴吃。因此，一店人都对他很敬畏。他一把夺过许先生手里的门闩，说了一句话：“他也是人生父母养的！”

陈相公挨了打，当时没敢哭。到了晚上，上了门，一个人呜呜地哭了半天。他向他远在故乡的母亲说：“妈妈，我又挨打了！妈妈，不要紧的，再挨两年打，我就能养活你老人家了！”

王二每天到保全堂店堂里来，是因为这里热闹。别的店铺到九点多钟，就没有什么人，往往只有一个管事在算账，一个学徒在打盹儿。保全堂正是高朋满座的时候。这些先生都是无家可归的光棍，这时都聚集到店堂里来。还有几个常客，收房钱的抡元，卖活鱼的巴颜喀拉山，给人家熬鸦片烟的老炳，还有一个张汉。这张汉是对门万顺酱园连家的一个亲戚兼食客，全名是张汉轩，大家却都叫他张汉。大概是觉得已经沦为食客，就不必“轩”了。此人有七十岁了，长得活脱像一个伏尔泰，一张尖脸，一个尖尖的鼻子。他年轻时在外地做过幕，走过很多地方，见多识广，什么都知道，是个百事通。比如说抽烟，他就告诉你烟有五种：水、旱、鼻、雅、潮。“雅”是鸦片。“潮”是潮烟，这地方谁也没见过。说喝酒，他就能说出山东黄、状元红、莲花白……说喝茶，他就告诉你狮峰龙井、苏州的碧螺春、云南的“烤茶”是在怎样一个罐里烤的，福建的工夫茶的茶杯比酒盅还小，就是吃了一只炖肘子，也只能喝三杯，这茶太酽了。他熟读《子不语》《夜雨秋灯录》，能讲许多鬼狐故事。他还知道云南怎样放蛊，湘西怎样赶尸。他还亲眼见到过旱魃、僵尸、狐狸精，有时间，有地点，有鼻子有眼。三教九流，医卜星相，他全知道。他读过《麻衣神相》《柳庄神相》，会算“奇门遁甲”“六壬课”“灵棋经”。他总要到快九点钟时才出现（白天不知道他干什么），他一来，大家精神为之一振，这一晚上就全听他一个人刮话。

他很会讲，起承转合，抑扬顿挫，有声有色。他也像说书先生一样，说到筋节处就停住了，慢慢地抽烟，急得大家一劲地催他：“后来呢？后来呢？”这也是陈相公一天比较快乐的时候。他一边摊着膏药，一边听着。有时，听得太入神了，摊膏药的扦子停留在油纸上，会废掉一张膏药。他一发现，赶紧偷偷塞进口袋里。这时也不会被发现，不会挨打。

有一天，张汉谈起人生有命。说朱洪武、沈万山、范丹是同年同月同日同时，都是丑时建生，鸡鸣头遍。但是一声鸡叫，可就命分三等了：抬头朱洪武，低头沈万山，勾一勾就是穷范丹。朱洪武贵为天子，沈万山富甲天下，穷范丹冻饿而死。他又说凡是成大事业，有大作为，兴旺发达的，都有异相，或有特殊的禀赋。汉高祖刘邦，股有七十二黑子——就是屁股上有七十二颗黑痣，谁有过？明太祖朱元璋，生就是五岳朝天——两额、两颧、下巴，都突出，状如五岳，谁有过？樊哙能把一个整猪腿生吃下去，燕人张翼德，睡着了也睁着眼睛。就是市井之人，凡有走了一步好运的，也莫不有与众不同之处。必有非常之人，乃成非常之事。大家听了，不禁暗暗点头。

张汉猛吸了几口旱烟，忽然话锋一转，向王二道：“即以王二而论，他这些年飞黄腾达，财源茂盛，也必有其异秉。”

“……”

王二不解何为“异秉”。

“就是与众不同，和别人不一样的地方。你说说，你说说！”

大家也都怂恿王二：“说说！说说！”

王二虽然发了一点财，却随时不忘自己的身份，从不僭越自大，在大家敦促之下，只有很诚恳地欠一欠身说：“我呀，有那么一点：大小

解分清。”他怕大家不懂，又解释道：“我解手时，总是先解小手，后解大手。”

张汉一听，拍了一下手，说：“就是说，不是屎尿一起来，难得！”

说着，已经过了十点半了，大家起身道别。该上门了。卢先生向柜台里一看，陈相公不见了，就大声喊：“陈相公！”

喊了几声，没人应声。

原来陈相公在厕所里。这是陶先生发现的。他一头走进厕所，发现陈相公已经蹲在那里。本来，这时候都不是他们俩解大手的时候。

一九四八年旧稿<br>一九八〇年五月二十日重写<br>载一九八一年第一期《雨花》

## 03 黄油烙饼

萧胜跟着爸爸到口外去。

萧胜满七岁，进八岁了。他这些年一直跟着奶奶过。他爸的工作一直不固定。一会儿修水库啦，一会儿大炼钢铁啦。他妈也是调来调去。奶奶一个人在家乡，说是冷清得很。他三岁那年，就被送回老家来了。他在家乡吃了好些萝卜白菜、小米面饼子、玉米面饼子，长高了。

奶奶不怎么管他。奶奶有事。她老是找出一些零碎料子给他接衣裳，接褂子、接裤子、接棉袄、接棉裤。他的衣服都是接成一道一道的，一道青，一道蓝。倒是挺干净的。奶奶还给他做鞋。自己打袼褙，剪样子，纳底子，自己绱。奶奶老是说："你的脚上有牙，有嘴?""你的脚是铁打的！"再就是给他做吃的。小米面饼子，玉米面饼子，萝卜白菜——炒鸡蛋，熬小鱼。他整天在外面玩。奶奶把饭做得了，就在门口嚷："胜儿！回来吃饭咧！——"

后来办了食堂。奶奶把家里的两口锅交上去，从食堂里打饭回来吃。真不赖！白面馒头，大烙饼，卤虾酱炒豆腐，焖茄子，猪头肉！食堂的大师傅穿着白衣服，戴着白帽子，在蒸笼的白蒙蒙的热气中晃来晃去，拿铲子敲着锅边，还大声嚷叫。人也胖了，猪也肥了。真不赖！

后来就不行了。还是小米面饼子，玉米面饼子。

后来小米面饼子里有糠，玉米面饼子里有玉米核磨出的碴子，拉嗓子。人也瘦了，猪也瘦了。往年，撵个猪可费劲哪。今年，一伸手就把猪后腿攥住了。挺大一个克郎，一挤它，咕咚就倒了。掺假的饼子不好吃，可是萧胜还是吃得挺香。他饿。

奶奶吃得不香。她从食堂打回饭来，掰半块饼子，嚼半天。其余的，都归了萧胜。

奶奶的身体原来就不好。她有个气喘的病。每年冬天都犯。白天还好，晚上难熬。萧胜躺在炕上，听奶奶喝喽喝喽地喘。睡醒了，还听她喝喽喝喽。他想，奶奶喝喽了一夜。可是奶奶还是喝喽着起来了，喝喽着给他到食堂去打早饭，打掺了假的小米饼子、玉米饼子。

爸爸去年冬天回来看过奶奶。他每年回来，都是冬天。爸爸带回来半麻袋土豆、一串口蘑，还有两瓶黄油。爸爸说，土豆是他分的；口蘑是他自己采、自己晾的；黄油是“走后门”搞来的。爸爸说，黄油是牛奶炼的，很“营养”，叫奶奶抹饼子吃。土豆，奶奶借锅来蒸了，煮了，放在灶火里烤了，给萧胜吃了。口蘑过年时打了一次卤。黄油，奶奶叫爸爸拿回去：“你们吃吧。这么贵重的东西！”爸爸一定要给奶奶留下。奶奶把黄油留下了，可是一直没有吃。奶奶把两瓶黄油放在躺柜上，时不时地拿抹布擦擦。黄油是个啥东西？牛奶炼的？隔着玻璃，看得见它的颜色是嫩黄嫩黄的。去年小三家生了小四，他看见小三他妈给小四用松花粉扑痱子。黄油的颜色就像松花粉。油汪汪的，很好看。奶奶说，这是能吃的。萧胜不想吃。他没有吃过，不馋。

奶奶的身体越来越不好。她从前从食堂打回饼子，能一气走到家。现在不行了，走到歪脖柳树那儿就得歇一会儿。奶奶跟上了年纪的爷爷奶奶们说：“只怕是过得了冬，过不得春呀。”萧胜知道这不是好话。这是一句骂牲口的话。“嗳！看你这乏样儿！过得了冬，过不得春！”果然，春天不好过。村里的老头老太太接二连三地死了。镇上有个木业生产合作社，原来打家具、修犁耙，都停了，改了打棺材。村外添了好些新坟、好些白幡。奶奶不行了，她浑身都肿。用手指按一按，老大一个坑，半天不起来。她求人写信叫儿子回来。

爸爸赶回来，奶奶已经咽了气了。

爸爸求木业社把奶奶屋里的躺柜改成一口棺材，把奶奶埋了。晚上，坐在奶奶的炕上流了一夜眼泪。

萧胜一生第一次经验什么是“死”。他知道“死”就是“没有”了。他没有奶奶了。他躺在枕头上，枕头上还有奶奶的头发的气味。他哭了。

奶奶给他做了两双鞋。做得了，说：“来试试!”——“等会儿！”哧溜，他跑了。萧胜醒来，光着脚把两双鞋都试了试。一双正合脚，一双大一些。他的赤脚接触了搪底布，感觉到奶奶纳的底线，他叫了一声“奶奶！”，又哭了一气。

爸爸拜望了村里的长辈，把家里的东西收拾收拾，把一些能用的锅碗瓢盆都装在一个大网篮里。把奶奶给萧胜做的两双鞋也装在网篮里。把两瓶动都没有动过的黄油也装在网篮里。锁了门，就带着萧胜上路了。

萧胜跟爸爸不熟。他跟奶奶过惯了。他起先不说话。他想家，想奶奶，想那棵歪脖柳树，想小三家的一对大白鹅，想蜻蜓，想蝈蝈，想挂大扁飞起来格格地响，露出绿色硬翅膀底下的桃红色的翅膜……后来跟爸爸熟了。他是爸爸呀！他们坐了汽车，坐火车，后来又坐汽车。爸爸很好。爸爸老是引他说话，告诉他许多口外的事。他的话越来越多，问这问那。他对“口外”产生了很浓厚的兴趣。

他问爸爸啥叫“口外”。爸爸说“口外”就是张家口以外，又叫“坝上”。“为啥叫坝上？”他以为“坝”是一个水坝。爸爸说，到了就知道了。

敢情“坝”是一溜大山。山顶齐齐的，倒像个坝。可是真大！汽车一个劲地往上爬。汽车爬得很累，好像气都喘不过来，不停地哼哼。上了大山，嘿，一片大平地！真是平呀！又平又大。像是擀过的一样。怎么可以这样平呢！汽车一上坝，就撒开欢了。它不哼哼了，“刷——”一直往前开。一上了坝，气候忽然变了。坝下是夏天，一上坝就像秋天。忽然，就凉了。坝上坝下，刀切的一样。真平呀！远远有几个小山包，圆圆的。一棵树也没有。他的家乡有很多树。榆树，柳树，槐树。这是个什么地方！不长一棵树！就是一大片大平地，碧绿的，长满了草。有地。这地块真大。从这个小山包一匹布似的一直扯到了那个小山包。地块究竟有多大？爸爸告诉他：有一个农民牵了一头母牛去犁地，犁了一趟，回来时候母牛带回来一个新下的小牛犊，已经三岁了！

汽车到了一个叫沽源的县城，这是他们的最后一站。一辆牛车来接他们。这车的样子真可笑，车轱辘是两个木头饼子，还不怎么圆，骨碌碌，骨碌碌，往前滚。他仰面躺在牛车上，上面是一个很大的蓝天。牛车真慢，还没有他走得快。他有时下来掐两朵野花，走一截，又爬上车。

这地方的庄稼跟口里也不一样。没有高粱，也没有老玉米，种莜麦、胡麻。莜麦干净得很，好像用水洗过，梳过。胡麻打着把小蓝伞，秀秀气气，不像是庄稼，倒像是种着看的花。

嗬，这一大片马兰！马兰他们家乡也有，可没有这里的高大。长得齐大人的腰那么高，开着巴掌大的蓝蝴蝶一样的花。一眼望不到边。这一大片马兰！他这辈子也忘不了。他像是在一个梦里。

牛车走着走着。爸爸说："到了！"他坐起来一看，一大片马铃薯，都开着花，粉的、浅紫蓝的、白的，一眼望不到边，像是下了一场大雪。花雪随风摇摆着，他有点晕。不远有一排房子，土墙、玻璃窗。这就是爸爸工作的"马铃薯研究站"。土豆——山药蛋——马铃薯。马铃薯是学名，爸说的。

从房子里跑出来一个人。"妈妈——！"他一眼就认出来了！妈妈跑上来，把他一把抱了起来。

萧胜就要住在这里了，跟他的爸爸、妈妈住在一起了。

奶奶要是一起来，多好。

萧胜的爸爸是学农业的，这几年老是干别的。奶奶问他："为什么总是把你调来调去的？"爸说："我好欺负。"马铃薯研究站别人都不愿来，嫌远。爸愿意。妈是学画画的，前几年老画两个娃娃拉不动的大萝卜啦，上面张个帆可以当作小船的豆荚啦。她也愿意跟爸爸一起来，画"马铃薯图谱"。

妈给他们端来饭。真正的玉米面饼子，两大碗粥。妈说这粥是草籽熬的。有点像小米，比小米小。绿莹莹的，挺稠，挺香。还有一大盘鲫鱼，好大。爸说别处的鲫鱼很少有过一斤的，这儿"淖"里的鲫鱼有一斤二两的，鲫鱼吃草籽，长得肥。草籽熟了，风把草籽刮到淖里，鱼就吃草籽。萧胜吃得很饱。

爸说把萧胜接来有三个原因。一是奶奶死了，老家没有人了。二是萧胜该上学了，暑假后就到不远的一个完小去报名。三是这里吃得好一些。口外地广人稀，总好办一些。这里的自留地一个人有五亩！随便刨一块地就能种点东西。爸爸和妈妈就在“研究站”旁边开了一块地，种了山药、南瓜。山药开花了，南瓜长了骨朵了。用不了多久，就能吃了。

马铃薯研究站很清静，一共没有几个人。就是爸爸、妈妈，还有几个工人。工人都有家。站里就是萧胜一家。这地方，真安静。成天听不到声音，除了风吹莜麦穗子，沙沙地像下小雨；有时有小燕吱喳地叫。

爸爸每天戴个草帽下地跟工人一起去干活，锄山药。有时查资料，看书。妈一早起来到地里掐一大把山药花、一大把叶子，回来插在瓶子里，聚精会神地对着它看，一笔一笔地画。画的花和真的花一样！萧胜每天跟妈一同下地去，回来鞋和裤脚沾得都是露水。奶奶做的两双新鞋还没有上脚，妈把鞋和两瓶黄油都锁在柜子里。

白天没有事，他就到处去玩，去瞎跑。这地方大得很，没遮没挡，跑多远，一回头还能看到研究站的那排房子，迷不了路。他到草地里去看牛、看马、看羊。

他有时也去莳弄莳弄他家的南瓜、山药地。锄一锄，从机井里打半桶水浇浇。这不是为了玩。萧胜是等着要吃它们。他们家不起火，在大队食堂打饭，食堂里的饭越来越不好。草籽粥没有了，玉米面饼子也没有了。现在吃红高粱饼子，喝甜菜叶子做的汤。再下去大概还要坏。萧胜有点饿怕了。

他学会了采蘑菇。起先是妈妈带着他采了两回，后来，他自己也会了。下了雨，太阳一晒，空气潮乎乎的，闷闷的，蘑菇就出来了。蘑菇这玩意儿很怪，都长在“蘑菇圈”里。你低下头，侧着眼睛一看，草地上远远的有一圈草，颜色特别深，黑绿黑绿的，隐隐约约看到几个白点，那就是蘑菇圈。滴溜圆。蘑菇就长在这一圈深颜色的草里。圈里面没有，圈外面也没有。蘑菇圈是固定的。今年长，明年还长。哪里有蘑菇圈，老乡们都知道。

有一个蘑菇圈发了疯。它不停地长蘑菇，呼呼地长，三天三夜一个劲地长，好像是有鬼，看着都怕人。附近七八家都来采，用线穿起来，挂在房檐底下。家家都挂了三四串，挺老长的三四串。老乡们说，这个圈明年就不会再长蘑菇了，它死了。萧胜也采了好些。他兴奋极了，心里直跳。“好家伙！好家伙！这么多！这么多！”他发了财了。

他为什么这样兴奋？蘑菇是可以吃的呀！

他一边用线穿蘑菇，一边流出了眼泪。他想起奶奶，他要给奶奶送两串蘑菇去。他现在知道，奶奶是饿死的。人不是一下饿死的，是慢慢地饿死的。

食堂的红高粱饼子越来越不好吃，因为掺了糠。甜菜叶子汤也越来越不好喝，因为一点油也不放了。他恨这种掺糠的红高粱饼子，恨这种不放油的甜菜叶子汤！

他还是到处去玩，去瞎跑。

大队食堂外面忽然热闹起来。起先是拉了一牛车的羊砖来。他问爸爸这是什么，爸爸说：“羊砖。”——“羊砖是啥？”——“羊粪压紧了，切成一块一块。”——“干啥用？”——“烧。”——“这能烧吗？”——“好烧着呢！火顶旺。”后来盘了个大灶。后来杀了十来只羊。萧胜站在旁边看杀羊。他还没有见过杀羊。嘿，一点血都流不到外面，完完整整就把一张羊皮剥下来了！

这是要干啥呢?

爸爸说，要开三级干部会。

“啥叫三级干部会?”

“等你长大了就知道了!”

三级干部会就是三级干部吃饭。

大队原来有两个食堂：南食堂，北食堂，当中隔一个院子，院子里还搭了个小棚，下雨天也可以两个食堂来回串，原来“社员”们分在两个食堂吃饭。开三级干部会，就都挤到北食堂来。南食堂空出来给开会干部用。

三级干部会开了三天，吃了三天饭。头一天中午，羊肉口蘑臊子蘸莜面。第二天炖肉大米饭。第三天，黄油烙饼。晚饭倒是马马虎虎的。

“社员”和“干部”同时开饭。社员在北食堂，干部在南食堂。北食堂还是红高粱饼子、甜菜叶子汤。北食堂的人闻到南食堂里飘过来的香味，就说：“羊肉口蘑臊子蘸莜面，好香好香!”“炖肉大米饭，好香好香!”“黄油烙饼，好香好香!”

萧胜每天去打饭，也闻到南食堂的香味。羊肉、米饭，他倒不稀罕：他见过，也吃过。黄油烙饼他连闻都没闻过。是香，闻着这种香味，真想吃一口。

回家，吃着红高粱饼子，他问爸爸：“他们为什么吃黄油烙饼?”

“他们开会。”

“开会干吗吃黄油烙饼?”

“他们是干部。”

“干部为啥吃黄油烙饼?”

“哎呀！问得太多了！吃你的红高粱饼子吧！”

正在咽着红饼子的萧胜的妈忽然站起来，把缸里的一点白面倒出来，又从柜子里取出一瓶奶奶没有动过的黄油，启开瓶盖，挖了一大块，抓了一把白糖，兑点起子，擀了两张黄油发面饼。抓了一把莜麦秸塞进灶火，烙熟了。黄油烙饼发出香味，和南食堂里的一样。妈把黄油烙饼放在萧胜面前，说：“吃吧，儿子，别问了。”

萧胜吃了两口，真好吃。他忽然咧开嘴痛哭起来，高叫了一声：“奶奶！”

妈妈的眼睛里都是泪。

爸爸说：“别哭了，吃吧。”

萧胜一边流着一串一串的眼泪，一边吃黄油烙饼。他的眼泪流进了嘴里。黄油烙饼是甜的，眼泪是咸的。

一九八〇年三月

# 04 大淖记事

## 一

这地方的地名很奇怪，叫作大淖。全县没有几个人认得这个“淖”字。县境之内，也再没有别的叫作什么淖的地方。据说这是蒙古话。那么这地名大概是元朝留下的。元朝以前这地方有没有，叫作什么，就无从查考了。

淖，是一片大水。说是湖泊，似还不够，比一个池塘可要大得多，春夏水盛时，是颇为浩渺的。这是两条水道的河源。淖中央有一条狭长的沙洲。沙洲上长满茅草和芦荻。春初水暖，沙洲上冒出很多紫红色的芦芽和灰绿色的蒌蒿[1]，很快就是一片翠绿了。夏天，茅草、芦荻都吐出雪白的丝穗，在微风中不住地点头。秋天，全都枯黄了，就被人割去，加到自己的屋顶上去了。冬天，下雪，这里总比别处先白。化雪的时候，也比别处化得慢。河水解冻了，发绿了，沙洲上的残雪还亮晶晶地堆积着。这条沙洲是两条河水的分界处。从淖里坐船沿沙洲西面北行，可以看到高阜上的几家炕房。绿柳丛中，露出雪白的粉墙，黑漆大书四个字：“鸡鸭炕房”，非常显眼。炕房门外，照例都有一块小小土

---

① 蒌蒿是生于水边的野草，粗如笔管，有节，生狭长的小叶，初生二寸来高，叫作“蒌蒿薹子”，加肉炒食极清香。苏东坡诗：“竹外桃花三两枝，春江水暖鸭先知。蒌蒿满地芦芽短，正是河豚欲上时。”蒌蒿见之于诗，这大概是第一次。他很能写出节令风物之美。

坪，有几个人坐在树桩上负曝闲谈。不时有人从门里挑出一副很大的扁圆的竹笼，笼口络着绳网，里面是松花黄色的、毛茸茸、挨挨挤挤、啾啾乱叫的小鸡小鸭。由沙洲往东，要经过一座浆坊。浆是浆衣服用的。这里的人，衣服被里洗过后，都要浆一浆。浆过的衣服，穿在身上沙沙作响。浆是芡实水磨，加一点明矾，澄去水分，晒干而成。这东西是不值什么钱的。一大盆衣被，只要到杂货店花两三个铜板，买一小块，用热水冲开，就足够用了。但是全县浆粉都由这家供应（这东西是家家用得着的），所以规模也不算小。浆坊有四五个师傅忙碌着。喂着两头毛驴，轮流上磨。浆坊门外，有一片平场，太阳好的时候，每天晒着浆块，白得叫人眼睛都睁不开。炕房、浆坊附近还有几家买卖荸荠、慈姑、菱角、鲜藕的鲜货行，集散鱼蟹的鱼行和收购青草的草行。过了炕房和浆坊，就都是田畴麦垄，牛棚水车，人家的墙上贴着黑黄色的牛屎粑粑——牛粪和水，拍成饼状，直径半尺，整齐地贴在墙上晾干，做燃料，已经完全是农村的景色了。由大淖北去，可至北乡各村。东去可至一沟、二沟、三垛，直达邻县兴化。

大淖的南岸，有一座漆成绿色的木板房，房顶、地面，都是木板的。这原是一个轮船公司。靠外手是候船的休息室。往里去，临水，就是码头。原来曾有一只小轮船，往来本城的兴化，隔日一班，单日开走，双日返回。小轮船漆得花花绿绿的，飘着万国旗，机器突突地响，烟筒冒着黑烟，装货、卸货，上客、下客，也有卖牛肉、高粱酒、花生瓜子、芝麻灌香糖的小贩，吆吆喝喝，是热闹过一阵的。后来因为公司赔了本，股东无意继续经营，就卖船停业了。这间木板房子倒没有拆去。现在里面空荡荡、冷清清，只有附近的野孩子到候船室来唱戏玩，棍棍棒棒，乱打一气；或到码头上比赛撒尿。七八个小家伙，齐齐地站成一排，把一泡泡骚尿哗哗地撒到水里，看谁尿得最远。

大淖指的是这片水，也指水边的陆地。这里是城区和乡下的交界处。从轮船公司往南，穿过一条深巷，就是北门外东大街了。坐在大淖的水边，可以听到远远地一阵一阵朦朦胧胧的市声，但是这里的一切和街里不一样。这里没有一家店铺。这里的颜色、声音、气味和街里不一样。这里的人也不一样。他们的生活，他们的风俗，他们的是非标准、伦理道德观念和街里的穿长衣念过“子曰”的人完全不同。

## 二

由轮船公司往东往西，各距一箭之遥，有两丛住户人家。这两丛人家，也是互不相同的，各是各的乡风。

西边是几排错错落落的低矮的瓦屋。这里住的是做小生意的。他们大都不是本地人，是从下河一带——兴化、泰州、东台等处来的客户。卖紫萝卜的（紫萝卜是比荸荠略大的扁圆形的萝卜，外皮染成深蓝紫色，极甜脆），卖风菱的（风菱是很大的两角的菱角，壳极硬），卖山里红的，卖熟藕（藕孔里塞了糯米煮熟）的，还有一个从宝应来的卖眼镜的，一个从杭州来的卖天竺筷的，他们像一些候鸟，来去都有定时。来时，向相熟的人家租一间半间屋子，住上一阵，有的住得长一些，有的短一些，到生意做完，就走了。他们都是日出而作，日入而息。吃罢早饭，各自背着、扛着、挎着、举着自己的货色，用不同的乡音，不同的腔调，吟唱吆唤着上街了。到太阳落山，又都像鸟似的回到自己的窝里。于是从这些低矮的屋檐下就都飘出带点甜味而又呛人的炊烟（所烧的柴草都是半干不湿的）。他们做的都是小本生意，赚钱不大。因为是在客边，对人很和气，凡事忍让，所以这一带平常总是安安静静的，很少有吵嘴打架的事情发生。

这里还住着二十来个锡匠，都是兴化帮。这地方兴用锡器，家家都有几件锡制的家伙。香炉、蜡台、痰盂、茶叶罐、水壶、茶壶、酒壶甚至尿壶，都是锡的。嫁闺女时都要陪送一套锡器。最少也要有两个能容四五升米的大锡罐，摆在柜顶上，否则就不成其为嫁妆。出阁的闺女生了孩子，娘家要送两大罐糯米粥（另外还要有两只老母鸡、一百鸡蛋），装粥用的就是娘柜顶上的这两个锡罐。因此，二十来个锡匠并不显多。

锡匠的手艺不算费事，所用的家什也较简单。一副锡匠担子，一头是风箱，绳系里夹着几块锡板；一头是炭炉和两块二尺见方、一面裱着好几层表芯纸的方砖。锡器是打出来的，不是铸出来的。人家叫锡匠来打锡器，一般都是自己备料——把几件残旧的锡器回炉重打。锡匠在人家门道里或是街边空地上，支起担子，拉动风箱，在锅里把旧锡化成锡水——锡的熔点很低，不大一会儿就化了；然后把两块方砖对合着（裱纸的一面朝里），在两砖之间压一条绳子，绳子按照要打的锡器圈成近似的形状，绳头留在砖外，把锡水由绳口倾倒过去，两砖一压，就成了锡片；然后，用一个大剪子剪剪，焊好接口，用一个木槌在铁砧上敲敲打打，大约一两顿饭工夫就成型了。锡是软的，打锡器不像打铜器那样费劲，也不那样吵人。粗使的锡器，就这样就能交活儿。若是细巧的，就还要用刮刀刮一遍，用砂纸打一打，用竹节草（这种草中药店有卖的）磨得锃亮。

这一帮锡匠很讲义气。他们扶持疾病，互通有无，从不抢生意。若是合伙做活，工钱也分得很公道。这帮锡匠有一个头领，是个老锡匠，他说话，没有人不听。老锡匠人很耿直，对其余的锡匠（不是他的晚辈就是他的徒弟）管教得很紧。他不许他们赌钱喝酒；嘱咐他们出外做活，要童叟无欺，手脚要干净；不许和妇道嬉皮笑脸。他教他们不要怕事，也绝不要惹事。除了上市应活，平常不让到处闲游乱窜。

老锡匠会打拳，别的锡匠也跟着练武。他屋里有好些白蜡杆、三节棍，没事便搬到外面场地上打对儿。老锡匠说，这是消遣，也可以防身，出门在外，会几手拳脚不吃亏。除此之外，锡匠们的娱乐便是唱唱戏。他们唱的这种戏叫作“小开口”，是一种地方小戏，唱腔本是萨满教的香火（巫师）请神唱的调子，所以又叫“香火戏”。这些锡匠并不信萨满教，但大都会唱香火戏。戏的曲调虽简单，内容却是成本大套：李三娘挑水推磨，生下咬脐郎；白娘子水漫金山；刘金定招亲；方卿唱道情……可以坐唱，也可以化了妆彩唱。遇到阴天下雨，不能出街，他们能吹打弹唱一整天。附近的姑娘媳妇都挤过来看——听。

老锡匠有个徒弟，也是他的侄儿，在家大排行第十一，小名就叫个十一子，外人都只叫他小锡匠。这十一子是老锡匠的一件心事。因为他太聪明，长得又太好看了。他长得挺拔厮称，肩宽腰细，唇红齿白，浓眉大眼，头戴遮阳草帽，青鞋净袜，全身衣服整齐合体。天热的时候，敞开衣扣，露出扇面也似的胸脯，五寸宽的雪白的板带煞得很紧。走起路来，高抬脚，轻着地，麻溜利索。锡匠里出了这样一个一表人才，真是鸡窝里飞出了金凤凰。老锡匠心里明白，唱“小开口”的时候，那些挤过来的姑娘媳妇，其实都是来看这位十一郎的。

老锡匠经常告诫十一子，不要和此地的姑娘媳妇拉拉扯扯，尤其不要和东头的姑娘媳妇有什么勾搭：“她们和我们不是一样的人！”

## 三

轮船公司东头都是草房，茅草盖顶，黄土打墙，房顶两头多盖着半片破缸破瓮，防止大风时把茅草刮走。这里的人，世代相传，都是挑夫。男人、女人，大人、孩子，都靠肩膀吃饭。

挑得最多的是稻子。东乡、北乡的稻船，都在大淖靠岸。满船的稻子，都由这些挑夫挑走。或送到米店，或送进哪家大户的廒仓，或挑到南门外琵琶闸的大船上，沿运河外运。有时还会一直挑到车逻、马棚湾这样很远的码头上。单程一趟，或五六里，或七八里、十多里不等。一二十人走成一串，步子走得很匀，很快。一担稻子一百五十斤，中途不歇肩。一路不停地打着号子。换肩时一齐换肩。打头的一个，手往扁担上一搭，一二十副担子就同时由右肩转到左肩上来了。每挑一担，领一根“筹子”——尺半长、一寸宽的竹牌，上涂白漆，一头是红的。到傍晚凭筹领钱。

稻谷之外，什么都挑。砖瓦、石灰、竹子（挑竹子一头拖在地上，在砖铺的街面上擦得刷刷地响）、桐油（桐油很重，使扁担不行，得用木杠，两人抬一桶）……因此，一年三百六十天，天天有活干，饿不着。

十三四岁的孩子就开始挑了。起初挑半担，用两个柳条笆斗。练上一二年，人长高了，力气也够了，就挑整担，像大人一样地挣钱了。

挑夫们的生活很简单：卖力气，吃饭。一天三顿，都是干饭。这些人家都不盘灶，烧的是“锅腔子”——黄泥烧成的矮瓮，一面开口烧火。烧柴是不花钱的。淖边常有草船，乡下人挑芦柴入街去卖，一路总要撒下一些。凡是尚未挑担挣钱的孩子，就一人一把竹筢，到处去搂。因此，这些顽童得到一个稍带侮辱性的称呼，叫作“筢草鬼子”。有时懒得费事，就从乡下人的草担上猛力拽出一把，拔腿就溜。等乡下人撂下担子叫骂时，他们早就没影儿了。锅腔子无处出烟，烟子就横溢出来，飘到大淖水面上，平铺开来，停留不散。这些人家无隔宿之粮，都是当天买，当天吃。吃的都是脱壳的糙米。一到饭时，就看见这些茅草房子的门口蹲着一些男子汉，捧着一个蓝花大海碗，碗里是骨堆堆的一碗紫红紫红的米饭，一边堆着青菜小鱼、臭豆腐、腌辣椒，大口大口地在吞食。他们吃饭不怎么嚼，只在嘴里打一个滚，咕咚一声就咽下去了。看他们吃得那样香，你会觉得世界上再没有比这个饭更好吃的饭了。

他们也有年，也有节。逢年过节，除了换一件干净衣裳，吃得好一些，就是聚在一起赌钱。赌具，也是钱。打钱，滚钱。打钱：各人拿出一二十铜圆，叠成很高的一摞。参与者远远地用一个钱向这摞铜钱砸去，砸倒多少取多少。滚钱又叫“滚五七寸”。在一片空场上，各人放一摞钱；一块整砖支起一个斜坡，用一个铜圆由砖面落下，向钱注密处滚去，钱停住后，用事前备好的两根草棍量一量，如距钱注五寸，滚钱者即可吃掉这一注；距离七寸，反赔出与此注相同之数。这种古老的博法使挑夫们得到极大的快乐。旁观的闲人也不时大声喝彩，为他们助兴。

这里的姑娘媳妇也都能挑。她们挑得不比男人少，走得不比男人慢。挑鲜货是她们的专业。大概是觉得这种水淋淋的东西对女人更相宜，男人们是不屑于去挑的。这些“女将”都生得颀长俊俏，浓黑的头发上涂了很多梳头油，梳得油光水滑（照当地说法是：苍蝇站上去都会闪了腿）。脑后的发髻都极大。发髻的大红头绳的发根长到二寸，老远就看到通红的一截。她们的发髻的一侧总要插一点什么东西。清明插一个柳球（杨柳的嫩枝，一头拿牙咬着，把柳枝的外皮连同鹅黄的柳叶使劲往下一抹，成一个小小球形），端午插一丛艾叶，有鲜花时插一朵栀子、一朵夹竹桃，无鲜花时插一朵大红剪绒花。因为常年挑担，衣服的肩膀处易破，她们的托肩多半是换过的。旧衣服，新托肩，颜色不一样，这几乎成了大淖妇女的特有的服饰。一二十个姑娘媳妇，挑着一担担紫红的荸荠、碧绿的菱角、雪白的连枝藕，走成一长串，风摆柳似的嚓嚓地走过，好看得很！

她们像男人一样地挣钱，走相、坐相也像男人。走起来一阵风，坐下来两条腿叉得很开。她们像男人一样赤脚穿草鞋（脚指甲却用凤仙花染红）。她们嘴里不忌生冷，男人怎么说话，她们怎么说话，她们也用男人骂人的话骂人。打起号子来也是“好大娘个歪歪子咧！”——“歪歪子咧……”

没出门子的姑娘还文雅一点，一做了媳妇就简直是“姜太公在此百无禁忌”，要多野有多野。有一个老光棍黄海龙，年轻时也是挑夫，后来腿脚有了点毛病，就在码头上看看稻船，收收筹子。这老头儿老没正经，一把胡子了，还喜欢在媳妇们的胸前屁股上摸一把，拧一下。

按辈分，他应当被这些媳妇称呼一声“叔公”，可是谁都管他叫“老骚胡子”。有一天，他又动手动脚的。几个媳妇一咬耳朵，一、二、三，一齐上手，眨眼之间叔公的裤子就挂在大树顶上了。有一回，叔公听见卖饺面[①]的挑着担子，敲着竹梆走来，他又来劲了：“你们敢不敢到淖里洗个澡？——敢，我一个人输你们两碗饺面！”——“真的？”——“真的！”——“好！”几个媳妇脱了衣服跳到淖里扑通扑通洗了一会儿。爬上岸就大声喊叫：“下面！”

这里人家的婚嫁极少明媒正娶，花轿吹鼓手是挣不着他们的钱的。媳妇，多是自己跑来的；姑娘，一般是自己找人。她们在男女关系上是比较随便的。姑娘在家生私孩子；一个媳妇，在丈夫之外，再“靠”一个，不是稀奇事。这里的女人和男人好，还是恼，只有一个标准：情愿。有的姑娘、媳妇相与了一个男人，自然也跟他要钱买花戴，但是有的不但不要他们的钱，反而把钱给他花，叫作“倒贴”。

因此，街里的人说这里“风气不好”。

到底是哪里的风气更好一些呢？难说。

## 四

大淖东头有一户人家。这一家只有两口人：父亲和女儿。父亲名叫黄海蛟，是黄海龙的堂弟（挑夫里姓黄的多），原来是挑夫里的一把好手。他专能上高跳。这地方大粮行的“窝积”（长条芦席围成的粮

① 一半馄饨一半面下在一起，当地叫作“饺面”。

囤），高到三四丈，只支一只单跳，很陡。上高跳要提着气一口气蹿上去，中途不能停留。遇到上了一点岁数的或者“女将”，抬头看看高跳，有点含糊，他就走过去接过一百五十斤的担子，一支箭似的上到跳顶，两手一提，把两箩稻子倒在“窝积”里，随即三五步就下到平地。因为为人忠诚老实，二十五岁了，还没有成亲。那年在车逻挑粮食，遇到一个姑娘向他问路。这姑娘留着长长的刘海，梳了一个“苏州俏”的发髻，还抹了一点胭脂，眼色张皇，神情焦急，她问路，可是连一个准地名都说不清，一看就知道是大户人家逃出来的使女。黄海蛟和她攀谈了一会儿，这姑娘就表示愿意跟着他过。她叫莲子。——这地方丫头、使女多叫莲子。

莲子和黄海蛟过了一年，给他生了个女儿。七月生的，生下的时候满天都是五色云彩，就取名叫作巧云。

莲子的手很巧，也勤快，只是爱穿件华丝葛的裤子，爱吃点瓜子零食，还爱唱“打牙牌”之类的小调：“凉月子一出照楼梢，打个呵欠伸懒腰，瞌睡子又上来了。哎哟，哎哟，瞌睡子又上来了……”这和大淖的乡风不大一样。

巧云三岁那年，她的妈莲子终于和一个过路戏班子的一个唱小生的跑了。那天，黄海蛟正在马棚湾。莲子把黄海蛟的衣裳都浆洗了一遍，巧云的小衣裳也收拾在一起，焖了一锅饭，还给老黄打了半斤酒，把孩子托给邻居，说是她出门有点事，锁了门，从此就不知去向了。

巧云的妈跑了，黄海蛟倒没有怎么伤心难过。这种事情在大淖这个地方也值不得大惊小怪。养熟的鸟还有飞走的时候呢，何况是一个人！只是她留下的这块肉，黄海蛟实在是疼得不行。他不愿巧云在后娘的眼皮底下委委屈屈地生活，因此发心不再续娶。他就又当爹又当妈，和女儿巧云在一起过了十几年。他不愿巧云去挑扁担，巧云从十四岁就学会结渔网和打芦席。

巧云十五岁，长成了一朵花。身材、脸盘都像妈。瓜子脸，一边有个很深的酒窝。眉毛黑如鸦翅，长入鬓角。眼角有点吊，是一双凤眼。睫毛很长，因此显得眼睛经常是眯缝着；忽然回头，睁得大大的，带点吃惊而专注的神情，好像听到远处有人叫她似的。她在门外的两棵树杈之间结网，在淖边平地上织席，就有一些少年人装着有事的样子来来去去。她上街买东西，甭管是买肉、买菜，打油、打酒，撕布、量头绳，买梳头油、雪花膏，买石碱、浆块，同样的钱，她买回来，分量都比别人多，东西都比别人的好。这个奥秘早被大娘、大婶们发现，她们都托她买东西。只要巧云一上街，都挎了好几个竹篮，回来时压得两个胳臂酸疼酸疼。泰山庙唱戏，人家都自己扛了板凳去。巧云散着手就去了。一去了，总有人给她找一个得看的好座。台上的戏唱得正热闹，但是没有多少人叫好。因为好些人不是在看戏，是看她。

巧云十六了，该张罗着自己的事了。谁家会把这朵花迎走呢？炕房的老大？浆坊的老二？鲜货行的老三？他们都有这意思。这点意思黄海蛟知道了，巧云也知道。不然他们老到淖东头来回晃摇是干什么呢？但是巧云没怎么往心里去。

巧云十七岁，命运发生了一个急转直下的变化。她的父亲黄海蛟在一次挑重担上高跳时，一脚踏空，从三丈高的跳板上摔下来，摔断了腰。起初以为不要紧，养养就好了。不想喝了好多药酒，贴了好多膏药，还不见效。她爹半瘫了，他的腰再也直不起来了。他有时下床，扶着一个剃头担子上用的高板凳，咯噔咯噔地走一截，平常就只好半躺下靠在一摞被窝上。他不能用自己的肩膀为女儿挣几件新衣裳，买两枝花，却只能由女儿用一双手养活自己了。还不到五十岁的男子汉，只能做一点老太婆做的事：绩了一捆又一捆的供女儿结网用的麻线。事情很清楚：巧云不会撇下她这个老实可怜的残废爹。谁要愿意，只能上这家来当一个倒插门的养老女婿。谁愿意呢？这家的全部家产只有三间草屋（巧云和爹各住一间，当中是一个小小的堂屋）。老大、老二、老三时不时走来走去，拿眼睛瞟着隔着一层渔网或者坐在雪白的芦席上的一个苗条的身子。他们的眼睛依然不缺乏爱慕，但是减少了几分急切。

老锡匠告诫十一子不要老往淖东头跑，但是小锡匠还短不了要来。大娘、大婶、姑娘、媳妇有旧壶翻新，总喜欢叫小锡匠来。从大淖过深巷上大街也要经过这里，巧云家门前的柳荫是一个等待雇主的好地方。巧云织席，十一子化锡，正好做伴。有时巧云停下活计，帮小锡匠拉风箱。有时巧云要回家看看她的残废爹，问他想不想吃烟喝水，小锡匠就压住炉里的火，帮她织一气席。巧云的手指划破了（织席很容易划破手，压扁的芦苇薄片，刀一样的锋快），十一子就帮她吮吸指头肚子上的血。巧云从十一子口里知道他家里的事：他是个独子，没有兄弟姐妹。他有一个老娘，守寡多年了。他娘在家给人家做针线，眼睛越来越不好，他很担心她有一天会瞎……

好心的大人路过时会想，这倒真是两只鸳鸯，可是配不成对。一家要招一个养老女婿，一家要接一个当家媳妇，弄不到一起。他们俩呢，只是很愿意在一处谈谈坐坐。都到岁数了，心里不是没有。只是像一片薄薄的云，飘过来，飘过去，下不成雨。

有一天晚上，好月亮，巧云到淖边一只空船上去洗衣裳（这里的船泊定后，把桨拖到岸上，寄放在熟人家，船就拴在那里，无人看管，谁都可以上去）。她正在船头把身子往前倾着，用力涮着一件大衣裳，一个不知轻重的顽皮野孩子轻轻走到她身后，伸出两手胳肢她的腰。她冷不防，一头栽进了水里。她本会一点水，但是一下子蒙了。这几天水又大，流很急。她挣扎了两下，喊救人，接连喝了几口水。她被水冲走了！正赶上十一子在炕房门外土坪上打拳，看见一个人冲了过来，头发在水上漂着。他褪下鞋子，一猛子扎到水底，从水里把她托了起来。

十一子把她肚子里的水控了出来，巧云还是昏迷不醒。十一子只好把她横抱着，像抱一个婴儿似的，把她送回去。她浑身是湿的，软绵绵，热乎乎的。十一子觉得巧云紧紧挨着他，越挨越紧。十一子的心怦怦地跳。

到了家，巧云醒来了。（她早就醒来了！）十一子把她放在床上。巧云换了湿衣裳（月光照出她的美丽的少女的身体）。十一子抓一把草，给她熬了半吊子姜糖水，让她喝下去，就走了。

巧云起来关了门，躺下。她好像看见自己躺在床上的样子。月亮真好。

巧云在心里说："你是个呆子！"

她说出声来了。

不大一会儿，她也就睡死了。

就在这一天夜里，另外一个人，拨开了巧云家的门。

## 五

由轮船公司对面的巷子转东大街，往西不远，有一个道士观，叫作炼阳观。现在没有道士了，里面住了不到一营水上保安队。这水上保安队是地方武装。他们名义上归县政府管辖，饷银却由县商会开销，水上保安队的任务是下乡剿土匪。这一带土匪很多，他们抢了人，绑了票，大都藏匿在芦荡湖泊中的船上（这地方到处是水），如遇追捕，便于脱逃。因此，地方绅商觉得很需要成立一个特殊的武装力量来对付这些成帮结伙的土匪。水上保安队装备是很好的。他们乘的船是“铁板划子”——船的三面都有半人高、三四分厚的铁板，子弹是打不透的。铁板划子就停在大淖岸边，样子很高傲。一有任务，就看见大兵们扛着两挺水机关，用箩筐抬着多半筐子弹（子弹不用箱装，却使箩抬，颇奇怪），上了船，开走了。

或七八天，或十天半月，他们得胜回来了（他们有铁板划子，又有水机关，对土匪有压倒优势，很少有伤亡）。铁板划子靠了岸，上岸列队，由深巷，上大街，直奔县政府。这队伍是四列纵队。前面是号队。这不到一营的人，却有十二支号。一上大街，就“答答答滴答答答滴答答”齐齐整整地吹起来。后面是全队弟兄，一律荷枪实弹。号队之后，大队之前的正中，是捉来的土匪。有时三个五个，有时只有一个，都是五花大绑。这队伍是很神气的。最妙的是被绑着的土匪也一律都合着号音，步伐整齐，雄赳赳气昂昂地走着。甚至值日官喊“一、二、三、四”，他们也随着大声地喊。大队上街之前，要由地保事先通知沿街店铺，凡有鸟笼的（有的店铺是养八哥、画眉的），都要收起来，因为土匪大哥看见不高兴，这是他们忌讳的（他们到了县政府，都下在大狱里，看见笼中鸟，就无出狱希望了）。看看这样的铜号放光，刺刀雪亮，还夹着几个带有传奇色彩的土匪英雄的威武雄壮的队伍，是这条街上的民众的一件快乐事情。其快乐程度不下于看狮子、龙灯、高跷、抬阁和僧道齐全、六十四杠的大出丧。

除了下乡办差，保安队的弟兄们没有什么事。他们除了把两挺水机关扛到大淖边突突地打两梭（把淖岸上的泥土打得簌簌地往下掉），平常是难得出操、打野外的。使人们感觉到这营把人的存在的，是这十二个号兵早晚练号。早晨八九点钟，下午四五点钟，他们就到大淖边来了。先是拔长音，然后各自吹几段，最后是合吹进行曲、三环号（他们吹三环号只是吹着玩，因为从来没有接受检阅的时候）。吹完号，就解散，想干什么干什么。有的，就轻手轻脚，走进一家的门外，咳嗽一声，随着，走了进去，门就关起来了。

这些号兵大都衣着整齐，干净爱俏。他们除了吹吹号，整天无事干，有的是闲空。他们的钱来得容易——饷钱倒不多，但每次下乡，总有犒赏；有时与土匪遭遇，双方谈条件，也常从对方手中得到一笔钱，手面很大方，花钱不在乎。他们是保护地方绅商的军人，身后有靠山，即或出一点什么事，谁也无奈他何。因此，这些大爷就觉得不风流风流，实在对不起自己，也辜负了别人。

十二个号兵，有一个号长，姓刘，大家都叫他刘号长。这刘号长前后跟大淖几家的媳妇都很熟。

拨开巧云家的门的，就是这个号长！

号长走的时候留下十块钱。

这种事在大淖不是第一次发生。巧云的残废爹当时就知道了。他拿着这十块钱，只是长长地叹了一口气。邻居们知道了，姑娘、媳妇并未多议论，只骂了一句："这个该死的！"

巧云破了身子，她没有淌眼泪，更没有想到跳到淖里淹死。人生在世，总有这么一遭！只是为什么是这个人？真不该是这个人！怎么办？拿把菜刀杀了他？放火烧了炼阳观？不行！她还有个残废爹。她怔怔地坐在床上，心里乱糟糟的。她想起该起来烧早饭了。她还得结网、织席，还得上街。她想起小时候上人家看新娘子，新娘子穿了一双粉红的缎子花鞋。她想起她的远在天边的妈。她记不得妈的样子，只记得妈用一个筷子头蘸了胭脂给她点了一点眉心红。她拿起镜子照照，她好像第一次看清楚自己的模样。她想起十一子给她吮手指上的血，这血一定是咸的。她觉得对不起十一子，好像自己做错了什么事。她非常失悔，没有把自己给了十一子！

她的这个念头越来越强烈。这个号长来一次，她的念头就更强烈一分。

水上保安队又下乡了。

一天，巧云找到十一子，说："晚上你到大淖东边来，我有话跟你说。"

十一子到了淖边。巧云踏在一只"鸭撇子"上（放鸭子用的小船，极小，仅容一人。这是一只公船，平常就拴在淖边。大淖人谁都可以撑着它到沙洲上挑蒌蒿，割茅草，拣野鸭蛋），把蒿子一点，撑向淖中央的沙洲，对十一子说："你来！"

过了一会儿，十一子泅水到了沙洲上。

他们在沙洲的茅草丛里一直待到月到中天。

月亮真好啊！

## 六

十一子和巧云的事，师兄们都知道，只瞒着老锡匠一个人。他们偷偷地给他留着门，在门窝子里倒了水（这样推门进来没有声音）。十一子常常到天快亮的时候才回来。有一天，又是这时候才推开门。刚刚要钻被窝，听见老锡匠说："你不要命啦！"

这种事情怎么瞒得住人呢？终于，传到刘号长的耳朵里。其实没有人跟他嚼舌头，刘号长自己还不知道？巧云看见他都讨厌，她的全身都是冷淡的。刘号长咽不下这口气。本来，他跟巧云又没有拜过堂、完过花烛，闲花野草，断了就断了。可是一个小锡匠夺走了他的人，这丢了当兵的脸。太岁头上动土，这还行！这种事从来没有发生过。连保安队的弟兄也都觉得面上无光，在人前矬了一截。他是只许自己在别人头上拉屎撒尿，不许别人在他脸上溅一星唾沫的。若是闭着眼过去，往后，保安队的人还混不混了？

有一天，天还没亮，刘号长带了几个弟兄，踢开巧云家的门，从被窝里拉起了小锡匠，把他捆了起来。把黄海蛟、巧云的手脚也都捆了，怕他们去叫人。

他们把小锡匠弄到泰山庙后面的坟地里，一人一根棍子，搂头盖脸地打他。

他们要小锡匠卷铺盖走人，回他的兴化，不许再留在大淖。

小锡匠不说话。

他们要小锡匠答应不再走进黄家的门，不挨巧云的身子。

小锡匠还是不说话。

他们要小锡匠告一声饶，认一个错。

小锡匠的牙咬得紧紧的。

小锡匠的硬铮把这些向来是横着膀子走路的家伙惹怒了："你这样硬！打不死你！"——"打"，七八根棍子风一样、雨一样打在小锡匠的身子上。

小锡匠被他们打死了。

锡匠们听说十一子被保安队的人绑走了，他们四处找，找到了泰山庙。

老锡匠用手一探，十一子还有一丝悠悠气。老锡匠叫人赶紧去找陈年的尿桶。他经验过这种事，打死的人，只有喝了从桶里刮出来的尿碱，才有救。

十一子的牙关咬得很紧，灌不进去。

巧云捧了一碗尿碱汤，在十一子的耳边说："十一子，十一子，你喝了！"

十一子微微听见一点声音，他睁了睁眼。巧云把一碗尿碱汤灌进了十一子的喉咙。

不知道为什么，她自己也尝了一口。

锡匠们摘了一块门板，把十一子放在门板上，往家里抬。

他们抬着十一子，到了大淖东头，还要往西走。巧云拦住了："不要。抬到我家里。”

老锡匠点点头。

巧云把屋里存着的渔网和芦席都拿到街上卖了，买了七厘散，医治十一子身子里的瘀血。

东头的几家大娘、大婶杀了下蛋的老母鸡，给巧云送来了。

锡匠们凑了钱，买了人参，熬了参汤。

挑夫、锡匠、姑娘、媳妇，川流不息地来看望十一子。他们把平时在辛苦而单调的生活中不常表现的热情和好心都拿出来了。他们觉得十一子和巧云做的事都很应该，很对。大淖出了这样一对年轻人，使他们觉得骄傲。大家的心喜洋洋，热乎乎的，好像在过年。

刘号长打了人，不敢再露面。他那几个弟兄也都躲在保安队的队部里不出来。保安队的门口加了双岗。这些好汉原来都是一窝“草鸡”！

锡匠们开了会。他们向县政府递了呈子，要求保安队把姓刘的交出来。

县政府没有答复。

锡匠们上街游行。这个游行队伍是很多人从未见过的。没有旗子，没有标语，就是二十来个锡匠挑着二十来副锡匠担子，在全城的大街上慢慢地走。这是个沉默的队伍，但是非常严肃。他们表现出不可侵犯的威严和不可动摇的决心。这个带有中世纪行帮色彩的游行队伍十分动人。

游行继续了三天。

第三天，他们举行了“顶香请愿”。二十来个锡匠，在县政府照壁前坐着，每人头上用木盘顶着一炉炽旺的香。这是一个古老的风俗：民有沉冤，官不受理，被逼急了的百姓可以用香火把县大堂烧了，据说这不算犯法。

这条规矩不载于《六法全书》，现在不是大清国，县政府可以不理会这种“陋习”。但是这些锡匠是横了心的，他们当真干起来，后果是严重的。县长邀请县里的绅商商议，一致认为这件事不能再不管。于是由商会会长出面，约请了有关的人：一个承审——作为县长代表，保安队的副官，老锡匠和另外两个年长的锡匠，还有代表挑夫的黄海龙，四邻见证——卖眼镜的宝应人、卖天竺筷的杭州人，在一家大茶馆里举行会谈，来“了”这件事。

会谈的结果是：小锡匠养伤的药钱由保安队负担（实际是商会拿钱），刘号长被驱逐出境。由刘号长画押具结。老锡匠觉得这样就给锡匠和挑夫都争了面子，可以见好就收了。只是要求在刘某人的具结上写上一条：如果他再踏进县城一步，任凭老锡匠一个人把他收拾了！

过了两天，刘号长就由两个弟兄持枪护送，悄悄地走了。他被调到三垛去当了税警。

十一子能进一点饮食，能说话了。巧云问他：“他们打你，你只要说不再进我家的门，就不打你了，你就不会吃这样大的苦了。你为什么不说？”

“你要我说吗？”

“不要。”

“我知道你不要。”

“你值吗？”

“我值。”

“十一子，你真好！我喜欢你！你快点好。”

“你亲我一下，我就好得快。”

“好，亲你！”

巧云一家有了三张嘴。两个男的不能挣钱，但要吃饭。大淖东头的人家都没有积蓄，也没有什么东西可以变卖典押。结渔网，打芦席，都不能当时见钱。十一子的伤一时半会儿不会好，日子长了，怎么过呢？巧云没有经过太多考虑，把爹用过的箩筐找出来，磕磕尘土，就去挑担挣“活钱”去了。姑娘媳妇都很佩服她。起初她们怕她挑不惯，后来看她脚下很快、很匀，也就放心了。从此，巧云就和邻居的姑娘媳妇在一起，挑着紫红的荸荠、碧绿的菱角、雪白的连枝藕，风摆柳似的穿街过市，发髻的一侧插着大红花。她的眼睛还是那么亮，长睫毛忽闪忽闪的。但是眼神显得更深沉、更坚定了。她从一个姑娘变成了一个很能干的小媳妇。

十一子的伤会好吗？

会。

当然会！

一九八一年二月四日，旧历大年三十

载一九八一年第四期《北京文学》

## 05 钓鱼的医生

这个医生几乎每天钓鱼。

他家挨着一条河。出门走几步，就到了河边。这条河不宽。会打水撇子（有的地方叫打水漂，有的地方叫打水片）的孩子，捡一片薄薄的破瓦，一扬手忒忒忒忒，打出二十多个，瓦片贴水飘过河面，还能蹦到对面的岸上。这条河下游淤塞了，水几乎是不流动的。河里没有船。也很少有孩子到这里来游水，因为河里淹死过人，都说有水鬼。这条河没有什么用处。因为水不流，也没有人挑来吃。只有南岸的种菜园的每天挑了浇菜。再就是有人家把鸭子赶到河里来放。河南岸都是大柳树。有的欹侧着，柳叶都拖到了水里。河里鱼不少，是个钓鱼的好地方。

你大概没有见过这样的钓鱼的。

他搬了一把小竹椅，坐着。随身带着一个白泥小灰炉子，一口小锅，提盒里葱姜作料俱全，还有一瓶酒。他钓鱼很有经验。钓竿很短，鱼线也不长，而且不用漂子，就这样把钓线甩在水里，看到线头动了，提起来就是一条。都是三四寸长的鲫鱼。——这条河里的鱼以白条子和鲫鱼为多。白条子他是不钓的，他这种钓法，是钓鲫鱼的。钓上来一条，刮刮鳞洗净了，就手放到锅里。不大一会儿，鱼就熟了。他就一边吃鱼，一边喝酒，一边甩钩再钓。这种出水就烹制的鱼味美无比，叫作“起水鲜”。到听见女儿在门口喊：“爸——！”知道是有人来看病了，就把火盖上，把鱼竿插在岸边湿泥里，起身往家里走。不一会儿，就有一只钢蓝色的蜻蜓落在他的鱼竿上了。

这位老兄姓王，字淡人。中国以淡人为字的好像特别多，而且多半姓王。他们大都是阴历九月生的，大名里一定还带一个菊字。古人的一句“人淡如菊”的诗，造就了多少人的名字。

王淡人的家很好认。门口倒没有特别的标志。大门总是开着的，往里一看，就看到通道里挂了好几块大匾。匾上写的是“功同良相”“济世救人”“仁心仁术”“术绍岐黄”“杏林春暖”“橘井流芳”“妙手回春”“起我沉疴”……医生家的匾都是这一套。这是亲友或病家送给王淡人的祖父和父亲的。匾都有年头了，匾上的金字都已经发暗。到王淡人的时候，就不大兴送匾了。送给王淡人的只有一块，匾很新，漆地乌亮，匾字发光，是去年才送的。这块匾与医术无关，或关系不大，匾上写的是“急公好义”，字是颜体。

进了过道，是一个小院子。院里种着鸡冠、秋葵、凤仙一类既不花钱，又不费事的草花。有一架扁豆。还有一畦瓢菜。这地方不吃瓢菜，也没有人种。这一畦瓢菜是王淡人从外地找了种子，特为种来和扁豆配对的。王淡人的医室里挂着一副郑板桥写的（木板刻印的）对子：“一庭春雨瓢儿菜，满架秋风扁豆花。”他很喜欢这副对子。这点淡泊的风雅，和一个不求闻达的寒士是非常配称的。其实呢？何必一定是瓢儿菜，种什么别的菜也不是一样吗？王淡人花费心思去找了瓢菜的菜种来种，也可看出其天真处。自从他种了瓢菜，他的一些穷朋友在来喝酒的时候，除了吃王淡人自己钓的鱼，就还能尝到这种清苦清苦的菜蔬了。

过了小院，是三间正房，当中是堂屋，一边是卧房，一边是他的医室。

他的医室和别的医生的不一样，像一个小药铺。架子上摆着许多青花小瓷坛，坛口塞了棉纸卷紧的塞子，坛肚子上贴着浅黄蜡笺的签子，写着“九一丹”“珍珠散”“冰片散”……到处还有一些大大小小的乳钵、药碾子、药臼、嘴刀、剪子、镊子、钳子、钎子，往耳朵和喉咙里吹药用的铜鼓……他这个医生是“男妇内外大小方脉”，就是说内科、外科、妇科、儿科，什么病都看。王家三代都是如此。外科用的药，大都是“散”——药面子。“神仙难识丸散”，多有经验的医生和药铺的店伙也鉴定不出散的真假成色，都是一些粉红的或雪白的粉末。虽然每一家药铺都挂着一块小匾“修合存心”，但是王淡人还是不相信。外科散药里有许多贵重药：麝香、珍珠、冰片……哪家的药铺能用足？因此，他自己炮制。他的老婆、儿女，都是他的助手，经常看到他们抱着一个乳钵，握着乳锤，一圈一圈慢慢地磨研（散要研得极细，都是加了水“乳”的）。另外，找他看病的多一半是乡下来的，即使是看内科，他们也不愿上药铺去抓药，希望先生开了方子就给配一副，因此，他还得预备一些常用的内科药。

城里外科医生不多——不知道为什么，大家对外科医生都不大看得起，觉得都有点“江湖”，不如内科清高，因此，王淡人看外科的时间比较多。一年也看不了几起痈疽重症，多半是生疮长疖子，而且大都是七八岁狗都嫌的半大小子。常常看见一个大人带着生瘌痢头的瘦小子，或一个长痄腮的胖小子走进王淡人家的大门；不多一会儿，就又看见领着出来了。生瘌痢的涂了一头青黛，把一个秃光光的脑袋涂成了蓝的；生痄腮的腮帮上画着一个乌黑的大圆饼子——是用掺了冰片研出的陈墨画的。

这些生疮长疖子的小病症，是不好意思多收钱的——那时还没有挂号收费这一说。而且本地规矩，熟人看病，很少当下交款，都得要等“三节算账”——端午、中秋、过年。忘倒不会忘的，多少可就“各凭良心”了。有的也许为了高雅，其实为了省钱，不送现钱，却送来一些华而不实的礼物：枇杷、扇子、月饼、莲蓬、天竺果子、蜡梅花。乡下来人看病，一般倒是当时付酬，但常常不是现钞，或是二十个鸡蛋，或一升芝麻，或一只鸡，或半布袋鹌鹑！遇有实在困难，什么也拿不出来的，就由病人的儿女趴下来磕一个头。王淡人看看病人身上盖着的破被，鼻子一酸，就不但诊费免收，连药钱也白送了。王淡人家吃饭不致断顿——吃扁豆、瓢菜、小鱼、糙米——和炸鹌鹑！穿衣可就很紧了。淡人夫妇，十多年没添置过衣裳。只有儿子女儿一年一年长高，不得不给他们换换季。有人说：王淡人很傻。

王淡人是有点傻。去年、今年，就办了两件傻事。

去年闹大水。这个县的地势，四边高，当中低，像一个水壶，别名就叫作盂城。城西的运河河底，比城里的南北大街的街面还要高。站在运河堤上，可以俯瞰城中鳞次栉比的瓦屋的屋顶；城里小孩放的风筝，在河堤游人的脚底下飘着。因此，这地方常闹水灾。水灾好像有周期，十年大闹一次。去年闹了一次大水。王淡人在河边钓鱼，傍晚听见蛤蟆爬在柳树顶上叫，叫得他心惊肉跳，他知道这是不祥之兆。蛤蟆有一种特殊的灵感，水涨多高，它就在多高处叫。十年前大水灾就是这样。果然，连天暴雨，一夜西风，运河决了口，浊黄色的洪水倒灌下来，平地水深丈二，大街上成了大河。大河里流着箱子、柜子、死牛、死人。这一年死于大水的，有上万人。大水十多天未退，有很多人困在房顶、树顶和孤岛一样的高岗子上挨饿；还有许多人生病：上吐下泻，痢疾伤寒。王淡人就用了一根结结实实的撑船用的长竹篙拄着，在齐胸的大水里来往奔波，为人治病。他会水，在水特深的地方，就横执着这根竹篙，泅水过去。他听说泰山庙北边有一个被大水围着的孤村子，一村子人都病倒了。但是泰山庙那里正是洪水的出口，水流很急，不能容舟，过不去！他和四个水性极好的专在救生船上救人的水手商量，弄了一只船，在他的腰上系了四根铁链，每一根又分在一个水手的腰里，这样，即使是船翻了，他们之中也可能有一个人把他救起来。船开了，看着的人的眼睛里都蒙了一层眼泪。眼看这只船在惊涛骇浪里颠簸出没，终于靠到了那个孤村，大家发出了雷鸣一样的欢呼。这真是玩儿命的事！

水退之后，那个村里的人合送了他一块匾，就是那块“急公好义”。

拿一条命换一块匾，这是一件傻事。

另一件傻事是给汪炳治搭背，今年。

汪炳是和他小时候一块掏蛐蛐、放风筝的朋友。这人原先很阔。这一街的老人到现在还常常谈起他娶亲的时候，新娘子花鞋上缀的八颗珍珠，每一颗都有指头顶子那样大！这家伙，吃喝嫖赌抽大烟，把家业败得精光，连一片瓦都没有，最后只好在几家亲戚家寄食。这一家住三个月，那一家住两个月。就这样，他还抽鸦片！他给人家熬大烟，报酬是烟灰和一点膏子。他一天夜里觉得背上疼痛，浑身发烧，早上歪歪倒倒地来找王淡人。

王淡人一看，这是个有名有姓的外症：搭背。说：“你不用走了！”

王淡人把汪炳留在家里住，管吃、管喝，还管他抽鸦片——他把王淡人留着配药的一块云土抽去了一半。王淡人祖上传下来的麝香、冰片也为他用去了三分之一。一个多月以后，汪炳的搭背收口生肌，好了。

有人问王淡人："你干吗为他治病？"王淡人倒对这话有点不解，说："我不给他治，他会死的呀。"

汪炳没有一个钱。白吃，白喝，白治病。病好后，他只能写了很多鸣谢的帖子，贴在满城的街上，为王淡人传名。帖子上的言辞倒真是淋漓尽致，充满感情。

王淡人的老婆是很贤惠的，对王淡人所做的事没有说过一个不字。但是她忍不住要问问淡人："你给汪炳用掉的麝香、冰片，值多少钱？"王淡人笑一笑，说："没有多少钱。——我还有。"他老婆也只好笑一笑，摇摇头。

王淡人就是这样，给人看病，看"男女内外大小方脉"，做傻事，每天钓鱼。一庭春雨，满架秋风。

你好，王淡人先生！

一九八一年八月十九日

载一九八一年第十期《雨花》

## 06 戴车匠

戴车匠是东街一景。

车匠是一种很古老的行业了。中国什么时候开始有车匠，无可考。想来这是很久远的事了。所谓车匠，就是在木制的车床上用旋刀车旋小件圆形木器的那种人。从我记事的时候，全城似只有这一个车匠，一家车匠店。

车匠店离草巷口不远，坐南朝北。左邻是侯家银匠店，右邻是杨家香店。侯银匠成天用一根吹管吹火打银簪子、银镯子，或用小錾子錾银器上的花纹。侯家还出租花轿。花轿就停放在店堂的后面。大红缎子的轿帏，上绣丹凤朝阳和八仙——中国的八仙是一组很奇怪的仙人，什么场合都有他们的份。结婚和八仙有什么关系呢？谁家姑娘要出阁，就事前到侯银匠家把花轿订下来。这顶花轿不知抬过多少新娘子了。附近几条街巷的人家，大家小户，都用这顶花轿。杨家香店柜前立着一块竖匾，上面不是写的字，却是用金漆堆塑出一幅“鹤鹿同春”的画。弯着脖子吃草的金鹿和蜷一只腿的金鹤留给过往行人很深的印象，因为一天要看见好多次。而且这是一幅画，凡是画，只要画得不太难看，人们还是愿意看一眼的。这在劳碌的生活中也是一种享受。我们那里不知道为什么有这样一种规矩，香店里每天都要打一盆稀稀的糨糊，免费供应街邻。人家要用少量的糨糊，就拿一块小纸，到香店里去“寻”。——大量的当然不行，比如糊窗户、打袼褙，那得自己家里拿面粉冲。我小时糊风筝，就常到杨家香店寻糨糊（一个“三尾”的风筝是用不了多少糨糊的）……

戴家车匠店夹在两家之间。门面很小，只有一间，地势却颇高。跨进门槛，得上五层台阶。因此车匠店有点像个小戏台（戴车匠就好像在台上演戏）。店里正面是一堵板壁。板壁上有一副一尺多长，四寸来宽的小小的朱红对子，写的是：

室雅何须大

花香不在多

不知这是哪位读书人的手笔。但是看来戴车匠很喜欢这副对子。板壁后面，是住家。前面，是作坊。作坊靠西墙，放着两张车床。这所谓车床和现代的铁制车床是完全不同的。就像一张狭长的小床，木制的，

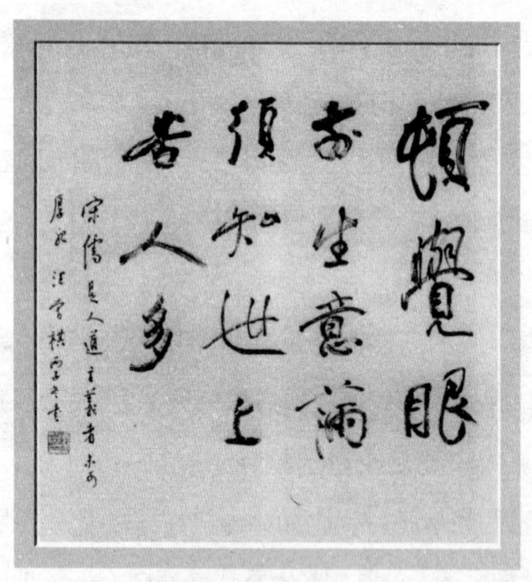

有一个四框，当中有一个车轴，轴上安小块木料，轴下有皮条，皮条钉在踏板上，双脚上下踏动踏板，皮条牵动车轴，木料来回转动，车匠坐在坐板上，两手执定旋刀，车旋成器，这就是中国的古式的车床——其原理倒是和铁制车床是一样的。这东西用语言是说不清楚的。《天工开物》之类的书上也许有车床的图，我没有查过。

靠里的车床是一张大的，那还是戴车匠的父亲留下的。老一辈人打东西不怕费料，总是超过需要的粗壮。这张老车床用了两代人，坐板已经磨得很光润，所有的榫头都还是牢牢实实的，没有一点活动。戴车匠嫌它过于笨重，就自己另打了一张新的。除了做特别沉重的东西，一般都使用外边较小的这一张。

戴车匠起得很早。在别家店铺才卸下铺板的时候，戴车匠已经吃了早饭，选好了材料，看看图样，坐到车床的坐板上了。一个人走进他的工作，是叫人感动的。他这就和这张床子成了一体，一刻不停地做起活来了。看到戴车匠坐在床子上，让人想起古人说的："百工居于肆，以成其器"。中国的工匠，都是很勤快的。好吃懒做的工匠，大概没有——很少。

车匠做的活都是圆的。常言说："砍的没有旋的圆。"较粗的活是量米的升子，烧饼槌子。——我们那里擀烧饼不用擀杖，用一种特制的烧饼槌子，一段圆木头，车光了，状如一个小碌碡，当中掏出圆洞，插进一个木杆。较细的活是布掸子的把——末端车成一个滴溜圆的小球或甘露形状；擀烧卖皮用的细擀杖——我们那里擀烧卖皮用两根小擀杖同时擀，擀杖长五寸，粗如指，极光滑，两根擀杖须分量相等。最细致的活是装围棋子的槟榔木的小圆罐——罐盖须严丝合缝，木理花纹不错分毫。戴车匠做得最多的是大小不等的滑车。这是三桅大帆船上用的。布帆升降，离不开滑车。做得了的东西，都悬挂在西边墙上，真是琳琅满目，细巧玲珑。

车匠用的木料都是坚实细致的，檀木——白檀，紫檀，红木，黄杨，枣木，梨木，最次的也是榆木的。戴车匠踩动踏板，执刀就料，旋刀轻轻地吟叫着，吐出细细的木花。木花如书带草，如韭菜叶，如番瓜瓤，有白的、浅黄的、粉红的、淡紫的，落在地面上，落在戴车匠的脚上，很好看。住在这条街上的孩子多爱上戴车匠家看戴车匠做活，一个一个，小傻子似的，聚精会神，一看看半天。

孩子们愿意上戴车匠家来，还因为他养着一窝洋老鼠——白耗子，装在一个一面有玻璃的长方木箱里，挂在东面的墙上。洋老鼠在里面踩车、推磨、上楼、下楼，整天不闲着——无事忙。戴车匠这么大的人了，对洋老鼠并无多大兴趣，养来是给他的独儿子玩的。

一到快过清明节了，大街小巷的孩子就都惦记起戴车匠来。

这里的风俗，清明那天吃螺蛳，家家如此，说是清明吃螺蛳，可以明目。买几斤螺蛳，入盐，少放一点五香大料，煮出一大盆，可供孩子吃一天。孩子们除了吃，还可以玩——用螺蛳弓把螺蛳壳射出去，螺蛳弓是竹制的小弓，有一支小弓箭，附在双股麻线拧成的弓弦上。竹箭从竹片窝成的弓背当中的一个窟窿里穿过去。孩子们用竹箭的尖端把螺蛳掏出来吃了，用螺蛳壳套在竹箭上，一拉弓弦，弓背弯成满月，一撒手，哒的一声，螺蛳壳便射了出去。射得相当高，相当远。在平地上，射上屋顶是没有问题的。——竹箭被弓背挡住，是射不出去的。家家孩子吃螺蛳，放螺蛳弓，因此每年夏天瓦匠检漏时，总要从瓦楞里打扫下好些螺蛳壳来。不知道为什么，这种螺蛳弓都是车匠做——其实这东西不用上床子旋，只要用破竹的作刀即能做成，应该由竹器店供应才对。清明前半个月，戴车匠就把别的活都停下来，整天地做螺蛳弓。孩子们从戴车匠门前过，就都兴奋起来。到了接近清明，戴车匠家就都是孩子。螺蛳弓分大、中、小三号，弹力有差，射程远近不同，价钱也不一样。孩子们眼睛发亮，挑选着，比较着，挨挨挤挤，叽叽喳喳，好不热闹。到清明那天，听吧，到处是拉弓放箭的声音："哒——哒！"

戴车匠每年照例要给他的儿子做一张特号的大弓。所有的孩子看了都羡慕。

戴车匠眯缝着眼睛看着他的儿子坐在门槛上吃螺蛳，把螺蛳壳用力地射到对面一家倒闭了的钱庄的屋顶上，若有所思。

他在想什么呢？

他的儿子已经八岁了。他该不会是想：这孩子将来干什么？是让他也学车匠，还是另外学一门手艺？世事变化很快，他隐隐约约觉得，车匠这一行恐怕不能永远延续下去。

一九八一年，我回乡了一次（我去乡已四十余年）。东街已经完全变样，戴家车匠店已经没有痕迹了。——侯家银匠店，杨家香店，也都没有了。

也许这是最后一个车匠了。

**一九八五年七月**

# 07 护秋

生产队派我今天晚上护秋。

“护秋”就是看守大秋作物。老玉米已经熟了，一两天就要掰棒子，防备有人来偷，所以要派人护秋。

这一带原来有偷秋的风气。偷将要成熟的庄稼，不算什么不道德的事。甚至对偷。你偷我家的，我偷你家的。不但不兴打架，还觉得这怪有趣。农业科学研究所的地是公家的地，庄稼是公家的庄稼，偷农科所的秋更是合理合法。这几年，地方政府明令禁止这种风气，偷秋的少了。但也还不能禁绝。前年农科所大堤下一亩多地的棒子，一个晚上就被人全掰了。

我提了一根铁锨把上了大堤。这里居高临下，地里有什么动静都能看见。

和我就伴的还有一个朱兴福。他是个专职“下夜”的，不是临时派来护秋的。农科所除了大田，还有菜地、马号、猪舍、种子仓库、温室和研究设备，晚上需要有人守夜。这里叫作下夜。朱兴福原来是猪倌，下夜已经有两年了。

这是一个蔫里吧唧的人。不爱说话，说话很慢，含含糊糊。他什么农活都能干，就是动作慢。他吃得不少，也没有什么病，就是没有精神，好像没睡醒。

他媳妇和他截然相反。媳妇叫杨素花（这一带女的叫素花的很多），和朱兴福是一个地方的，都是柴沟堡的。杨素花人高马大，长腿，宽肩，浑身充满弹性，像一个打足了气的轮胎内带，紧绷绷的。她在大食堂做活：压莜面饸饹，揉蒸馒头的面，烙高粱面饼子，炒山药疙瘩……她会唱山西梆子（这一带农民很多会唱山西梆子），《打金砖》《骂金殿》《三娘教子》《牧羊圈》（这些是山西梆子常唱的戏）都能从头至尾唱下来。她的嗓子音色不甜，但是奇响奇高。农科所工人有时唱山西梆子，在外面老远就听见她的像运动场上裁判员吹哨子那样的嗓音。她扮上戏可不怎么好看，那么一匹高头大马，穿上古装，很不协调。她给人整个的印象有点像苏联电影《静静的顿河》里的阿克西尼亚。农科所的青年干部背后就叫她阿克西尼亚。这个外号她自己不知道。

阿克西尼亚去年出了一点事，和所里的一个会计乱搞，被朱兴福当场捉住。朱兴福告到支部书记那里（不知道为什么，所里出了这种事情都由支部书记处理）。所领导研究，给会计一个处分，记大过，降一级，调到别的单位。对阿克西尼亚没有怎么样。阿克西尼亚留着会计送她的三双尼龙袜子，一直没有穿。事情就算过去了。

谁都知道杨素花不“待见”她男人。

朱兴福背着一支老七九步枪，和我并肩坐在大堤上抽烟，瞎聊。他说话本来不清楚，再加上还有柴沟堡的口音，听起来很费劲。柴沟堡这地方的语言很奇怪，保留一些古音。如“我”读“俚”，“他（她）”读“渠”，跟广东客家话一样。为什么长城以北的山区会保留客家语言呢？

我问他他媳妇为什么不待见他，他说：“晓得为了个毬！”我问他：“你为什么总是没精神？你要是干净利索些，她就会心疼你一点。”他忽然显得有了点精神，说他原来挺精神的！他从部队上下来（他当过几年兵），有钱——有复员费。穿得也整齐。他上门相亲的那天，穿了一套崭新的蓝咔叽、解放鞋。新理了发。丈人丈母看了，都挺喜欢，说这个女婿“有人才”。杨素花也挺满意。娶过来两年，后来就……

夜很安静。快出伏了，天气很凉快。风吹着玉米叶子唰唰地响。一只鸹鸹悠（鸹鸹悠即猫头鹰）在远处叫，好像一个人在笑。天很蓝，月亮很大。我问朱兴福：“今天十五了？”

“十四。”

一九九二年七月二十三日

载一九九五年第一期《收获》

# 08 仁慧

仁慧是观音庵的当家尼姑。观音庵是一座不大的庵。尼姑庵都是小小的。当初建庵的时候，我的祖母曾经捐助过一笔钱，这个庵有点像我们家的家庵。我还是这个庵的寄名徒弟。我小时候是个“惯宝宝”，我的母亲盼我能长命百岁，在几个和尚庙、道士观、尼姑庵里寄了名。这些庙里、观里、庵里的方丈、老道、住持就成了我的干爹。我的观音庵的干爹我已经记不得她的法名，我的祖母叫她二师父，我也跟着叫她二师父。尼姑则叫她“二老爷”。尼姑是女的，怎么能当人家的“干爹”？为什么尼姑之间又互相称呼为“老爷”？我都觉得很奇怪。好像女人出了家，性别就变了。

二师父是个面色微黄的胖胖的中年尼姑，是个很忠厚的人，一天只是潜心念佛，对庵里的事不大过问。在她当家的这几年，弄得庵里佛事稀少，香火冷落，房屋漏雨，院子里长满了荒草，一片败落景象。庵里的尼姑背后管她叫“二无用”。

二无用也知道自己无用，就退居下来，由仁慧来当家。

仁慧是个能干人。

二师父大门不出，仁慧对施主家走动很勤。谁家老太太生日，她要去拜寿。谁家小少爷满月，她去送长命锁。每到年下，她就会带一个小尼姑，提了食盒，用小瓷坛装了四色咸菜给我的祖母送去。别的施主家想来也是如此。观音庵的咸菜非常好吃，是风过了再腌的，吃起来不是苦咸苦咸，带点甜味。祖母收了咸菜，道一声：“叫你费心”。随即取十块钱放在食盒里。仁慧再三推辞，祖母说：“就算是这一年的灯油钱。”

仁慧到年底，用咸菜总能换个百十块钱。

她请瓦匠来检了漏，请木匠修理了窗槅。窗槅上尘土堆积的隔扇纸全都撕下来，换了新的。而且把庵里的全部亮槅都打开，说：“干吗弄得这样暗无天日！”院子里的杂草全锄了，养了四大缸荷花。正殿前种了两棵玉兰。她说：“施主到庵堂寺庙，图个幽静，荒荒凉凉的，连个坐的地方都没有，谁还愿意来烧香拜佛？”

我的祖母隔一阵就要到观音庵看看。她的散生日都是在观音庵过的。每次都是由我陪她去。

祖母和二师父在她的禅房里说话，仁慧在办斋，我就到处乱钻。我很喜欢到仁慧的房里去玩，翻翻她的经卷，摸摸乌斯藏铜佛，掐掐她的佛珠，取下马尾拂尘挥两下。我很喜欢她的房里的气味。不是檀香，不是花香，我终于肯定，这是仁慧肉体的香味。我问仁慧：“你是不是生来就有淡淡的香味？”仁慧用手指点了一下我的额头，说：“你坏！”

祖母的散生日总要在观音庵吃一顿素斋。素斋最好吃的是香蕈饺子。香蕈（即冬菇）汤；荠菜、香干末作馅，包成薄皮小饺子，油炸透酥，倾入滚开的香蕈汤，刺啦有声，以勺舀食，香美无比。

仁慧募化到一笔重款，把正殿修缮油漆了一下，焕然一新，给三世佛重新装了金。在正殿对面盖了一个高敞的过厅。正殿完工，菩萨“开光”之日，请赞助施主都来参与盛典。这一天观音庵气象庄严，香烟缭绕，花木灼灼，佛日增辉。施主们全部盛装而来，长裙曳地。礼赞拜佛之后，在过厅里设了四桌素筵。素鸡、素鸭、素鱼、素火腿……使这些吃长斋的施主们最不能忘的是香蕈饺子。她们吃了之后，把仁慧叫来，问："这是怎么做的？怎么这么鲜？——没有放虾籽吗？"仁慧忙答："不能不能，怎能放虾籽呢！就是香蕈！——黄豆芽吊的汤。"

观音庵的素斋于是出了名。

于是就有人来找仁慧商量，请她办几桌素席。仁慧说可以，但要三天前预订。因为竹荪、玉兰片、猴头都要事先发好。来赴斋的有女施主，也有男性的居士。也可以用酒，但限于木瓜酒、豨莶酒这样的淡酒，不预备烧酒。

二师父对仁慧这样的做法很不以为然，说："这叫作什么？观音庵是清静佛地，现在成了一个素菜馆！"但是合庵尼僧都支持她。赴斋的人多，收入的香钱就多，大家都能沾惠。佛前"乐助"的钱柜里的香钱，一个月一结，仁慧都是按比例分给大家的。至少，办斋的日子她们也能吃点有滋味的东西，不是每天白水煮豆腐。

尤其使二师父不能容忍的，是仁慧学会了放焰口。放焰口本是和尚的事，从来没有尼姑放焰口的。仁慧想：一天老是敲木鱼念那几本经有什么意思？为什么尼姑就不能放焰口？哪本戒律里有过这样的规定？她要学！善因寺常做水陆道场，她去看了几次，大体能够记住。她去请教了善因寺的方丈铁桥。这铁桥是个风流和尚，听说一个尼姑想学放焰口，很惊奇，就一字一句地教了她。她对经卷、唱腔、仪注都了然在心了，就找了本庵几个聪明尼姑和别的庵里的也不大守本分的年轻尼姑，学起放焰口来。起初只是在本庵演习，在正殿上摆开桌子凳子唱诵。咳，还真像那么回事。尼姑放焰口，这是新鲜事。于是招来一些善男信女、浮浪子弟参观。你别说，这十几个尼姑的声音真是又甜又脆，比起和尚的癞猫嗓子要好听得多。仁慧正座，穿金蓝大红袈裟，戴八瓣莲花毗卢帽，两边两条杏黄飘带，美极了！于是渐渐有人家请仁慧等一班尼姑去放焰口，不再有人议论。

观音庵气象兴旺，生机蓬勃。

土改工作队没收了观音庵的田产，征用了观音庵的房屋。

观音庵的尼姑大部分还了俗，有的嫁了人。

有的尼姑劝仁慧还俗。

“还俗？嫁人？”

仁慧摇头。

她离开了本地，云游四方，行踪不定。西湖住几天，邓尉住几天，峨眉住几天，九华山住几天。

有许多关于仁慧的谣言。说无锡惠山一个捏泥人的，偷偷捏了一个仁慧的像，放在玻璃橱里，一尺来高，是裸体的。说仁慧有情人，生过私孩子……

有些谣言仁慧也听到了，一笑置之。

仁慧后来在镇江北固山开了一家菜根香素菜馆，卖素菜、素面、素包子，生意很好。菜根香的名菜是香蕈饺子。

菜根香站稳了脚，仁慧把它交给别人经管，她又去云游四方。西湖住几天，邓尉住几天，峨眉住几天，九华山住几天。

仁慧六十开外了，望之如四十许人。

一九九三年七月二十一日

载一九九三年第六期《小说家》